講談社文庫

そんなに、変わった？

酒井順子

講談社

目次

だって好きなんだもの　7
あんこの立場　12
所属の快感に浸って　17
女言葉の活用法　22
ノマドvs.ホームレス　27
祝・女王在位六十年　32
婚活成功者に訊け！　37
携帯ないって、ラクっぽい　42
奇跡の「てをつな号」　47
松本清張は知っていた？　52
ＥＸＩＬＥの企業性　57
同窓会での互助活動　62
ラグジュアリーは、生まれつき　67
「男も不妊」と卵子の老化　72
整形天国を歩いてみたら　77

怒れる中年達　82
真夏の岡っ引き　87
健さんはスマホを持っているか？　92
大人の祭と大人の恋　97
お父さんへの「武士の情け」　102
字ギレイ顔の女　107
撮り鉄と盗撮　112
「みんな同じ」が、みんな好き？　117
寅さんの罪　122
就職準備は小学生から？　127
含羞なき親孝行　132
ディスカバー八代亜紀 Ｐａｒｔ２　137
芋煮会に見る男と女　142
消えゆく昭和のセクハラ芸　147
個室でしかできない話　152
「試合」に再デビュー　157

役者の世襲、議員の世襲　162
性豪の最期　167
嫁力と姑力　172
「知らない」という幸福　177
看取られるという特権　182
殴る陶酔、殴られる陶酔　187
負け犬、十歳になりましたワン！　192
雪国の絶対領域　197
高齢者は金次第、若者は顔次第　202
ゲイと我との共通点　207
「学び」と「気づき」　212
葬式鉄、渋谷に集合　217
桜が見えるレストラン　222
歌舞伎座というテーマパーク　227
キョンキョン世代の朝ドラ視聴　232
あとがき　237

そんなに、変わった？

だって好きなんだもの

朝のワイドショーを眺めていたところ、「アラフォー女性の痛いファッション」というものを、ランキング形式で紹介していました。そこには、ミニスカートとかショートパンツ、リボンなどがランクイン。「確かに、アラフォーにもなってそれは痛いわな。よかった、私はその手のものは着ないから」と高みの見物を決め込んでいた私。

が、ランキングの一位が発表された時、私はウッとなったのでした。一位になっていたのは、「キャラクターもの」。キティちゃんなどがそれに当たるわけで、そういえば映画「ヤング≒アダルト」においても、主役のシャーリーズ・セロンがキティちゃんのTシャツ姿でいる写真が、痛い女のアイコン的に使用されてましたっけ。

私は、キティちゃんのものは身につけないながらも、実はスヌーピーのTシャツは何枚も持っています。Tシャツだけではありません。グッズ類も持っているし、子供の頃に愛好していたぬいぐるみすら、未《いま》だ所持。さらに告白するなら、ムーミンのミイが描いてあるTシャツだって持っている!

最も痛い女とは、実は自分だった。そのことに気づいて、少々焦った私。その上、既にアラフォーですらなく、ミッドフォーティーだしなぁ……。

言い訳をするならば、サンリオブームと小学生時代がばっちり重なっている我々は、おそらく子供時代をキャラクター漬けで育った、第一世代。キャラクターとの関係は、我々にとって切っても切れないものなのです。

小学生時代に流行《はや》ったサンリオキャラクターというと、キティちゃんのみならず、パティ&ジミー、キキとララなど。ちなみに、東京の女児にとっての聖地は、アドホック新宿にあるギフトゲート(サンリオの直営店)でした。お金持ちの家の子は、アドホックでたくさん買い物をしたり、サンリオが出している「いちご新聞」を定期購読していたり、羨《うらや》ましかったなぁ。

サンリオは、キャラクター業界における吉本興業のような存在であり、スヌーピーもまたサンリオ傘下のキャラクターでした。そしてスヌーピー派の女の子達は、キティちゃんをはじめとした甘〜い国産キャラクター好きと自分達とは少し違う、という選民意識を持っていたものです。アメリカ出身のスヌーピーの方がちょっとお洒落で、強いて言うなら知的だった。

　私は、キキとララも好きだったけれど、一番好きなのはスヌーピー。毎月一冊ずつ、スヌーピーのコミックス（日本語と英語が併記してある。ちなみに訳者は、谷川俊太郎さん）を買うのが、ものすごく楽しみだったものです。

ということで、スヌーピーは私にとって、心の故郷的なキャラクター。今でもスヌーピーものを見ると、ついふらふらと近づいてしまうのは、三つ子の魂というものなのでしょう。

　しかし、大人のキャラクター好きが痛いというご意見も、よくわかるのです。私も、大家族ものの番組を見ていた時、お母さんがキティちゃんのエプロン姿でいるのに対して、「むー」と思ったもの。スポーツジムでスヌーピーTシャツを着ている中年女性を見ても、「あいたたた」と思う。

　ですから私は、スヌーピーTシャツを着て外に出るのを、必死に我慢しているのです。着るのは家の中、それもねまき用に限定。誰にも迷惑がかからない所でのみ、スヌーピーのTシャツを自分に許しております。

　年をとってもキャラクター好き、という性質は極めて子供っぽいわけですが、しかしこれは、男性がいくつになってもベビースターラーメンとか魚肉ソーセージを愛好するのと、似ています。子供の頃に愛した対象は、そう簡単に手放すことはできない。大人になってもこっそり子供っぽいものを楽しむ背徳感がまた、いいのです。

そんなある日、小学校時代からの友人達とホームパーティーをする機会がありました。持ち寄りパーティーだったのですが、Aちゃんは鶏の唐揚げ、Bちゃんはキッシュと、得意料理も昔から変わっていなくて、安心感のある味わい。

ある友人は、今年高校生だという娘と一緒にやってきました。すると友人は、「この子ったらさー、『最後から二番目の恋』を熱心に見てたものだから、『今日はマ『今日はママのお友達は、墓の話とかするのかなー』って言うのよ！」

と言うのです。そういえばそのドラマにおいて、主人公である小泉今日子さんは友人達と、墓をどうするべきかという問題について語り合っていましたっけ。

そうかー、もう我々は墓のことを考えるべき年代なわけね。キティちゃんとかスヌーピーを愛好されても、そりゃ痛かろう。今高校生の彼女だって、子供の頃から親しんできたキャラクターは大人になっても愛し続けるに違いないけれど、大人の気持ちなんて今はわからないだろうしなぁ。

そして我々は、思い切り同世代話を楽しみました。ご期待通りに墓の話もしたし、卵子の劣化の話、韓流の話……。

宴がお開きになった後、高校生の娘さんは、

「今日、すっごく面白かった〜」

と、満足気な顔をしていました。大人同士の話ばかりで退屈したのではないかと思っていたので、なにが面白かったのかと聞けば、

「だって、リアル『最後から二番目の恋』目撃、って感じなんだもん！　学校で自慢する！」

とのこと。

それを聞いて私は、「喜んでもらえてよかったよ〜」という気分になったのでした。そういえば私もその昔、母親とその友人達の会話を、けっこう面白く聞いたもの。そして高校生の彼女が大人になったなら、「あの時のママ達って、こんな感じだったのかな」と思いながら、大人のキャラクター愛もわかってくれるのではないかと思うのです。

あんこの立場

甘いものが好きな私。ある日、最寄りの駅近くのスーパーで買い物をしたら小腹が空いて、

「お汁粉《しるこ》が食べたい！」

と激しく思ったのです。

が、いくら考えてみても、スマホで検索してみても、近くに甘味店はありません。二つの駅ビルの中にも甘味店は無いし、それらしき店は出て来ない。

和風甘味をこよなく愛する私は、この事態にショックを受けました。ここは決して小さな町ではありません。JR東日本管内でも、一日の乗降客数がベスト50には入る駅のまわりには、たくさんの商店やらビルがあるにもかかわらず、甘味店の一軒も無いとは、これいかに。ファストフード店なら無いものは無いほど揃っているというのに、お汁粉の一杯も食べられないとは、町としてどうなのだ。これでいいのか、日本……と、空腹のあまり怒りの規模も大きくなってきた。

と、その時。一つのひらめきが生まれたのです。「あそこに行けば、お汁粉が食べられるのでは？」と向かった先は、駅の近くの、とあるファミリーレストラン。入ってメニューを広げると、やっぱりありましたよ「ぜんざい」が。

汁粉とぜんざいは違うだろう、などと細かいことはこの際どうでもよろしい。どろどろと煮られた甘い小豆《あずき》の汁の中に餅が入っているという、とにかくその手の食べ物に、私はファミレスにおいてやっとありつけたのです。ハンバーグを食べる人が隣にいるという状況でぜんざいを食べるのは興をそがれるけれど、お椀の傍らには塩昆布と緑茶も添えられていて、なかなか気が利いているじゃないの……と、私は一人黙々とぜんざいを食した。

食しながら私は、現代日本におけるあんこものの立場を、実感したのでした。昔は、それぞれの町に一軒や二軒は甘味店があって、学校帰りの女学生や主婦やおばあちゃん達が、あんみつやお汁粉を食べていたものです。それはちょうど、新橋の飲み屋が男性にとってのオアシスであったように、女性にとってのオアシスのような場所でした。

しかし最近、その手の店はめっきり減りました。下町や銀座辺りにはまだ残っているけれど、普通の町の甘味店は、ケーキ屋だのスタバだのに押されて壊滅状態。あんこを美味《おい》しく炊くのは難しいものですし、商売としてはとても手がかかる割には儲からないということなのでしょう。

高校生の頃、学校帰りによく行った甘味店もあったのですが、老夫婦が引退した後は継ぐ人がおらず、店を閉じてしまいました。お団子やお餅の類《たぐい》を売る、気軽な和菓子屋も、そういえばずいぶん減っています。

ですから私は、ちゃんとした甘味店がある町に行く時は、必ずお汁粉やあんみつを食べるようにしているのです。あの町には美味しい粟ぜんざいを出す店が。あのデパートの呉服売り場のフロアには、美味しいあんみつを出す店が。……という情報を忘れずに、数少ない機会を生かす。

自宅であんこを炊く人が減り、甘味店も減りゆく今、あんこを炊くという手がかかる仕事を引き受けているのが、ファミレスなどの大手の会社ということになるのでしょう。そういえばテレビを見ていたら、ローソンのコマーシャルで、「町一番のあんこ屋をめざします」といったことを言っていましたっけ。確かに、ローソンに行くとお団子やおはぎが売られています。甘味店の代わりをファミレスが、和菓子屋さんの代わりをコンビニが担うようになったということなのですねぇ。

あんこものの人気が下落しているわけでは、ないのです。あんこを食べたいという人は常に一定数存在するからこそ、ファミレスやコンビニはその手のメニューを無くさない。ただ、家であんこを炊くのが面倒とか、あんこを炊くのは労多い割に儲からないから、その機能がファミレスとコンビニに移行された。

ファミレスやコンビニに移行されたのは、あんこを炊くという機能だけではないのでしょう。家でごはんを炊いて、梅干しを入れて握って海苔《のり》を巻けばおむすびはできるけれど、それが面倒臭いからコンビニで買う。家を掃除すればいつでも人を招いてお茶が飲めるけれど、面倒臭いからファミレスのドリンクバーを利用する。……というように、ファミレスやコンビニは、ほとんど「おうち」の機能を担うようになっています。私達はおうちでするには面倒臭い色々なことを、ファミレスやコンビニにアウトソーシングしているのです。ファミレスやコンビニは、「おうち産業」と言ってもいいのではないか。

昔は、その手のアウトソーシングには罪悪感が伴いました。外食産業の食べ物はカロリーが高いとか、コンビニの食品では栄養が偏るとか。

しかし、おうち産業の側でも今はよく考えていて、ファミレスではカロリー表示がきちんとされているし、ローカロリーメニューも多い。コンビニでも、野菜を使ったおかずや、一人用のおかずが増えています。「私ったら、こんなことまでアウトソーシング……」という罪悪感が減少するようになっているのです。

お汁粉やおはぎといったものは、昔であればおばあちゃんが作ってくれたおやつです。が、今時のおばあちゃん達は、海外旅行とかヨガで忙しく、あんこなど炊いている暇は無い。ファミレスやコンビニは、今やおばあちゃんの代わりまでしてくれているのです。

「ファミレス」とは、ファミリーで楽しめるレストランという意味なのだと思います。が、今となっては「ファミリーの代わりをしてくれるレストラン」となっているのかもしれず、既に祖母亡き今、私はおばあちゃんの味を求めて、ファミレスへと行くのでした。

所属の快感に浸って

大学時代に所属していた体育会のクラブの、創部五十周年パーティーが開かれました。同じ体育会でも、硬式野球部などは創部百年を超えるのであり、それに比べれば歴史は浅いといえましょう。しかし日本で人気がある種目というわけではないのに（水上スキーというスポーツをしていました）、五十年もの間、よく続いたものです。

ホテルの宴会場に集まったのは、老若男女のOB・OG達。渋い白髪のベテランOB達は皆、「昔、遊んでました」という感じで格好いいのです。おそらく創部当時、このスポーツはかなりイケていたと思われる。そして現役学生達は初々しく、未だ紅顔という感じ。年齢も職業もばらばらの人々が、「かつて同じスポーツをしていた」という理由のもとに、談笑します。

きちんとしたパーティーの後は、場所を移して二次会へ。ライブハウスにて行われたそれは、さながら宴会芸大会に。運動部ではしばしば、学生達に過酷な芸を要求するもの。我が部においては、学生時代に培った芸を、卒業した後も培い続けている人々が多く、四十代のOB達が中心となって芸を披露。皆、社会では立派な企業人であり、また家庭に戻れば子の規範となる親でありながら、この手の場においては立場を忘れ、とことんくだらない芸に没頭します。

中には、妻子を連れてきている人もいましたが、お父さんが喝采《かっさい》を受けながら半裸で宴会芸を披露しているのを見ている妻子は、諦めたような悲しいような顔をしておられました。

そして最後は、この手の集まりでは定番の、応援歌です。大学の応援歌の前奏が聞こえただけで、百人以上はいたであろう人々は、反射的に全員起立。そして学ラン姿の三人のOB（平均年齢四十四歳）が、皆の前でかけ声とともにリードをとり、全員があらん限りの声で応援歌を熱唱。学生時代、試合中に嫌というほど歌っているので、誰もが三番までキッチリと歌詞を覚えています。

もちろん私も熱唱、いや絶唱。この様子を写真に撮りたい……とは思ったものの、それよりも歌うことが快感で、写真などどうでもよくなりました。歌の後、エールを叫び終わった時は、声も嗄《か》れ、目頭が熱くなっていたほど。

このウットリ気分はおそらく、「所属の快感」というものなのでしょう。何かの団体に所属しているという事実は、人にとって縛りともなりますが、その緊縛感は時間の経過とともに、快感に変化するのです。

所属がもたらす縛りは、強ければ強いほど苦痛が多いけれど、後からの快感も強いものです。たとえば軍隊に所属していた人は、軍隊において厳しい体験があるからこそ戦友との絆は深まり、また晴れの舞台においては軍に所属していることに陶酔することができる。旧制高校出身者達が、卒業後も延々と、学ラン着用で寮歌祭などなっていたのも、同じような理由によってでしょう。

我々が応援歌を歌いながら目頭を熱くしたのも、その手の快感のせいなのです。学生時代は、つらい練習の日々。試合では、ずいぶん悔しい思いもした。それもこれも「所属」無しには存在しなかった思い出であり、応援歌という勇ましい歌によって、それらの思い出がフラッシュバックする……。

特に私のような者にとって、所属感による快感は新鮮で、刺激的です。会社や家庭に属していない身には、「かつて所属した自分」の姿が、何とも甘やかに蘇ってくる。

今も何かに所属している人にとっても、同じなのかもしれません。会社や家庭など、OB・OG達はそれぞれのくびきを背負っています。かつてのクラブの仲間達と昔の所属の快感を分かち合うことによって、彼等は現在の所属による締め付けを、一瞬忘れるのではないか。

応援歌を歌う皆の顔は、興奮で上気していました。口を開けていない者など誰もいなかったし、口パクの者も一人もいない。皆、歌いたくて歌いたくてしょうがない、という調子で歌っていたのは、我が国の国歌の斉唱状況とは大違い。

我が国の国歌のことを考えてみますと、人の気持ちを鼓舞《こぶ》するリズムとか、思わず歌いたくなるメロディーラインとか、その手のものは重視されていないことがわかります。悪い歌ではないのですが、そのしんみり感は、特にスポーツの前後には、あまり向いていない。

しかし国歌斉唱の時、その歌いっぷりをある種の人々が懸命に監視しなくてはならないという状況の背景には、日本という国に所属しても、所属の快感を持ちづらいという事実があるのでしょう。我が部の事例を見てもわかるように、快感が強く得られる時、人は強制されなくともその団体の歌を熱唱するのですから。

が、「所属の快感を得にくい国」というのは、実は平和な国とも言えるのです。つらい思い出や危機感が、後に所属の快感に転化するのならば、今の日本は、「国歌を熱唱して自らをふるい立たせる必要がない国」なのではないか。誰にも強制されないのに、国民全員が目を血走らせて国歌を歌う状況の方が、危ないのでは……？

してみると、学校の応援歌で泣く、くらいの行為は実にのどか。その昔、学校とかクラブといった団体に所属していた時代は、「早くこの所属感から解放されたい」と思っていました。しかし大人になると、過去の所属は意外な財産となるのであり、もし自分に子供がいたら、「若い頃の所属は、買ってでもしろ」と言うかもしれません。

女言葉の活用法

とある平和な休日、近所の駅ビルにいたところ、私の前にベビーカーを押すお母さんが歩いていました。彼女は片手でベビーカーを押していたので、「危なっかしいなぁ」と思って、見ていたのです。

次の瞬間、本当にベビーカーの車輪が、立ち止まっていた若い娘さんの足に当たり、彼女のサンダルが脱げてしまいました。が、お母さんは謝るのかと思いきや、何事もなかったかのように去っていきます。

それを見た娘さんは娘さんで、

「……ったよ、バカじゃねぇの？」

と、お母さんに向かって言ったのでした。彼女はイヤフォンで音楽を聞いていたので、その声は思いのほか大きく、駅ビルに響いた。

この光景を見た私は、どんよりとした気持ちになりました。ベビーカーをぶつけて無視する方もする方、そして「バカじゃねぇの？」と言う方も言う方……、と。

同じ日の夕方、私は近所のスーパー銭湯にある岩盤浴で、和んでいました。とっぷりと温まり、着替えて洗面台で髪を乾かしていると、隣のブースに座った若い女性が、何やらブツブツ言っています。どうやら、前に使用した人が抜け毛をそのままにして去ってしまったようで、洗面台が汚れていたらしい。その汚れ方に彼女はキレて、

「きったねぇなぁ！」

と叫んで、去ってしまいました。その叫びは、ドライヤーをかけている私にも聞こえるほど。

そして私はこの時も、岩盤浴ですっかり身体はホカホカになっているのに、心が冷えるような気持ちになったのです。洗面台を汚したままにしておくのは、確かに悪い。が、うら若き女性が「きったねぇなぁ！」と半裸で叫ぶというのも、あまり美しい姿ではないのですから。

着替えが終わり、同行者に、

「さっきこんな人がいてさぁ」

と話しながら、私はその日聞いた二回の女の暴言について、「しかし」と、考えていたのでした。男性とあまり変わらない話し方をする昨今の若い女性の言葉遣いはす

さまじい響きを持つのだけれど、それは本当に悪いことなのか、と。

確かに、男言葉を使用する女は、とても乱暴で下品に見えるものです。しかし「世の中、男女平等」と言うならば、言葉遣いも男女同じでもいいのではないか、とも思う。言葉も同一となって初めて、本当にユニセックスな世となるのではないか。

日本語には男言葉と女言葉があり、さらには尊敬語や謙譲語もあります。アメリカ在住の友人から、

「どうして日本人は年齢のことばっかり気にするわけ〜？　アメリカ人は、他人の年も自分の年も、全然気にしないわよ！」

と言われた時、「日本に敬語がある限り、年齢のことを気にしないなんて無理でしょうよ」と思ったのですが、日本人にとって、年上の人に対していきなりタメ口をきくというのは、相当ハードルの高い行為。敬語文化がある限り、他人と自分の年齢は気にせずにはいられないものであり、同じように、男言葉・女言葉があるからこそ規定される日本人の性質は、確実にある。

尊敬語も謙譲語も、男言葉も女言葉も無くして、皆がタメ口で会話をすれば、日本人の国民性はずいぶん変わることと思います。が、我々の中には、どうしてもそうはできない魂が沁みついている気がしてなりません。

女言葉の消滅の速度に比べると、尊敬語や謙譲語はまだ、日本人に根強く支持されています。が、その崩壊のきざしも見えるもので、たとえば今、テレビに出てくる二十代以下の人は皆、自分の親のことを他人に語る時、「父・母」でなく「お父さん・お母さん」と言っています。彼等の中では、どうやら「お父さん・お母さん」こそが、自分の親のことを他人に話す時に使用すべき尊敬語であり謙譲語であるらしく、普段はパパ・ママと呼んでいる人も、人前だから「お父さん・お母さん」とあえて言っている模様。たまに「父・母」と言う人がいると、「若いのに古風だこと」と思えるほどです。

また、若手のIT社長がテレビに出ているのを見ると、年長者に対して全く物怖じせず、タメ口をきいている。その日本人離れした感じがまた、いかにも今風です。コンサバティブな考えを持つ私としては、「お父さん・お母さん」にもタメ口にも女の男言葉にも、いちいちひっかかるのです。しかしこれは日本から男女の差も、年齢の差もなくなりつつある、すなわち言葉の無差別化のあらわれなのかも、と思うことにしているのですが、やっぱり女の男言葉には慣れることはできない。

で、あるならば……。と、私は妙案を思いつきました。先日、ゲイの知人と話していると、彼の女言葉が非常に柔らかく、心地よく聞こえたのです。そこで思ったのが、「女が男言葉を使うのではなく、男が女言葉を使うようにするのはどうか？」ということ。世の男性達が、おねぇ系タレントや尾木ママのように、「……のよ」「……だわ」と語れば、世の中の殺伐とした空気はずいぶん減るのではないか。

が、男女平等を目指して言葉を統一などしなくても、女の言葉は次第に男っぽく、そして男の言葉は次第に女っぽくなりつつあるのかも。互いに通りすぎて、

「まじうぜぇよバーカ」

とか言うのは女だけ、

「そうなのよ、やぁねぇ」

とか言うのは男だけ、になっているかもしれませんね、近い将来には。

ノマドVS.ホームレス

以前、一緒に仕事をしたことがある女性が、ある日「ノマドワーカー」としてテレビに出ていました。その時は大手出版社に勤務していたはずだったけれど、ノマドワーカーって何……？　と眺めていたら、ノマドすなわち遊牧民のように、仕事場を決めずに、パソコン一台を持って、カフェなど様々な場所で仕事をする人のことらしい。

洒落てる……と思いながらも私は、「これは若い頃にしかできない労働形態ではあるまいか」と思っておりました。思い起こしてみれば私も、大学生の頃は、どこでも原稿が書けたものです。当時は原稿用紙に手書きをしていたのですが、部活動の合間、練習場だった江戸川の橋の下で、膝を抱えながら原稿を書くこともしばしば。場所柄、本当におうちを持たないノマドおじさん達とも顔見知り状態だったものです。

しかし今、私が仕事をするのは家においてのみとなりました。パソコンを使用するようにはなったものの、ジャージ着用であぐらをかき、眠くなったら机に突っ伏して居眠りをし、食べたい時におやつを食べる……という、いつでも弛緩《しかん》できる状況でないと、もう仕事などできない。洒落たカフェでパソコンを広げられるというのは、常に緊張状態を保っていられる体力と精神力があってこそ、なのではないか。

そんなわけで私のパソコンは、家から一歩も出たことがないという、室内犬状態。つくづく、自分が定住型農耕民族の子孫であることを感じます。

しかしノマドワーカーとは何なのか、と知人達と語り合っていたところ、

「僕なんかずっと昔にノマドワーカーだったのに、その頃にはそんな言葉がなかった。早すぎるノマドだった」

と言う中年男性がいました。彼はごく普通の会社員なのですが、実は以前、ホームレスだったことがあるというのです。

何でもそれは、奥さんとの関係がぎくしゃくしたことがきっかけだったのだそう。

「家に帰りたくなくて、最初はビジネスホテルとかに泊っていたのだけれど、すごくお金がかかってしまうから、思い切って上野公園で寝てみたらけっこう居心地がよく、しばらくは会社の人には内緒で、公園から会社に通っていた。その頃は、全ての荷物を鞄に入れて持ち歩いていたので、仕事で会う人にはよく、『出張帰りですか？』と聞かれたものだ」

ということらしい。

その後、妻とは離婚が成立して、今はホームレスではなくなったそうなのですが、しかし会社でも普通に出世している分別盛りの男性が実はかつてホームレスだった、ということに私は驚きました。

「だから、僕の方がノマドワーカーとしてはずっと先輩なわけよ。前に『ホームレス中学生』がブームになった時も、悔しかったなぁ。僕も本を書けばよかった」

と彼は言います。

が、よく考えてみるとノマドワーカーとホームレス会社員は、ちょっと事情が異なるのです。ノマドワーカーは、決まった家はあるけれど、働く場所は決まっていないという人。対してホームレス会社員は、働く場所は決まっているが、住む場所が不定という人。

「してみると、ホームレス会社員の方がずっと変なのでは？」

という結論になったのです。

ホームレスにしろノマドにしろ、日本人は「漂泊」という行為に対する憧れを、どこかで抱いているのだと思います。根が定住型農耕民族で、イエだのムラだのに固執する我々としては、叶わぬ夢として「放浪」とか「漂泊」にグッとくる。ノマドワーカーの大先輩である芭蕉《ばしょう》や西行《さいぎょう》とか山頭火《さんとうか》とか山下清の人気が高いのも、そのせいでしょう。

そういえば最近、「実はホームレスだったことがある」と告白している男性タレントさんもいました。何でも彼は、タレントとして売れずに食い詰めてホームレスになったわけではなく、芸能人としての実力が無いことに気づいて「これでいいのか」と、自主的にホームレスになったらしい。こうなってくるともう、ホームレスというのは一種の修行。「元ホームレス」が一種のセールスポイントにすらなっています。そのうち、ホームレス経験を売りにする就活生なども、出てくるのではないか。

朝日新聞の歌壇では一時、「ホームレス歌人」という人も話題になりました。ホームレス生活の日々を歌う彼は、アメリカで終身刑を受けて投獄されている獄中歌人と並ぶ、朝日歌壇のスターとなったのですが、皆がその正体を探すうちに、歌を投稿しなくなってしまった。

しかし漂泊の民のあるべき姿とは、このホームレス歌人のようなものなのかもしれません。どこの誰、と他者から特定されないところに漂泊の妙味が生まれるのだとしたら、漂泊が「売り」になってしまった瞬間、漂う意味は消えるのではないか。

若者は今、旅をしないのだと言います。安全な日本の快適なおうちから、どうしてわざわざ外に出る必要があるのだ、と。

そんな世だからこそ、ノマドワーカーという生き方が、憧れをもって見られているのかもしれません。家は確保しておいて、でも働く時だけ居場所を決めないというのは、何だかんだいって平和な現代を生きる若者達にとって、ちょうど良い漂泊方法なのでしょう。

祝・女王在位六十年

我が家には、エリザベス女王のマグカップが、二つあります。一つは、私が小学生の時に父がイギリスで買ってきたカップで、女王のシルバージュビリー、すなわち在位二十五年を記念するもの。

長年、母がそのカップでコーヒーを飲んでいたのですが、二〇〇二年に両親がイギリスに行った時は、在位五十年だったのだそう。

「シルバージュビリーのカップを二十五年も使っていたかと思うと感慨深くてねぇ。せっかくだからゴールデンジュビリーのカップも買ったのよ！」

ということで、もう一つあるのは、在位五十年カップ。そうこうしているうちに女王は今年、在位六十年（二〇一二年当時。以下同）。私は渡英する友人に、「もしマグカップがあったら、買ってきて！」と、頼んでいるのでした。

エリザベス女王は、八十六歳になられた今も、強い存在感をお持ちです。最近では、王位継承ルールの改正を進め、王室の跡継ぎの決め方を、今までの「男子優先、男子が生まれなかったら女子を女王に」というものから、「性別を問わず、長子を優先」という風にされたのです。そのルールは、ウィリアム王子とキャサリン妃の子供から適用されるのだそう。

そのニュースを見て、私は「女王、格好いい」と思ったのでした。イギリスという と、女王の時代に繁栄してきた印象も強いですが、在位六十年を経てなお、王室改革を進められるのですから。

一方、「偉いな……」と思うのは、女王の夫であるフィリップ殿下九十歳、です。世界一の有名人といっても過言ではない妻のもとで六十年過ごすというのも、並大抵のことではなかったのではないか。

妻の方が偉くて目立つ、という状態で六十年過ごしてきた夫がいれば、その息子はW不倫が原因で離婚したり、離婚後の元嫁が事故死したりと、英国王室はいつもてんやわんやであるわけですが、彼等は身をもって「人間、生きていれば色々ある。そして世の中には、色々な人がいる」ということを示しているとも言える。

日本の皇室は、その手のことを極力、隠しています。「皇室の人々は皆、真面目で良い人」というのは素晴らしいけれど、「色々ある」ということを隠すあまりひずみが各所に出ている気がするし、「男子のみで継承」もとうてい無理と皆わかっているのに、「いや、大丈夫」と思い込もうとしている。

皇室ばかりではありません。政治家を見ても、特にヨーロッパの人々は、「色々ありますよね」ということを体現してくれています。

たとえば、サルコジ氏を破ってフランス大統領となった、オランド氏。彼の政治家としての能力はよく知らない私ではありますが、彼が今、事実婚関係を結んでいることには、「おっ」と思いました。現在のパートナーはジャーナリストですが、その前のパートナーは、有名な政治家のセゴレーヌ・ロワイヤルさん。セゴレーヌさんとの間も結婚ではなくPACS（市民連帯協定）でしたが、オランド氏はそこで四人の子供をもうけています。

フランスは今、先進国の中では高い出生率なのですが、それというのもこのPACS制度があるから、とも言われています。PACSのカップルから生まれた子供には、結婚した夫婦の子供と同様の権利が与えられることから、フランスで生まれる子供の約半数は、PACSカップルからとなっている。

このPACS、かねて「いいなぁ」と私は思っておりました。異性間のみならず、同性同士でもこの制度は利用できます。結婚というあまりに重い制度に二の足を踏む人達、何らかの事情で結婚できない人達にとって、PACSは丁度いい制度なのではないか。

日本でも、渡辺淳一さんが『事実婚　新しい愛の形』という本を書いておられますが、まだまだ「内縁の妻ってこと？」とか「同棲なんて、ねぇ」という視線は強い。

PACSカップルに生まれた子供を日本語で言うと「非嫡出子」となりますが、となるとオランド氏は、四人も非嫡出子を持つ人となる。日本でも非嫡出子を持つ政治家はいるでしょうが、彼我の国における非嫡出子の意味合いは、全く異なるのです。

フランスでは、前大統領のサルコジ氏も、華やかな女性関係で知られていました。オランド氏は大人しそうな印象だけれど、名うての政治家やジャーナリストとの恋愛をしてきた過去をみれば、有能な女性にも尻込みしない人なのであろう、ということが理解できる。

ヨーロッパでは、ドイツのメルケル首相の存在も、際立っています。ドイツ初の女性首相である彼女、あまり夫の存在は目立ちませんが、結婚しています。学者の夫は、積極的に表に出ないようにはしているようですが、たまにサミットに妻と一緒に行って、各国のファーストレディー達の中に黒一点で混じったりしている。

特にヨーロッパ好きというわけではない私ではありますが、こういった「色々な異性＆同性関係、色々な家族」を認める姿勢は、好もしく思います。たいへん真面目な日本人は、規範を一つ決めたら、意地でも遵守するところがあるわけですが、「男は女より上」とか「子供は結婚した夫婦がつくるもの」という規範を遵守しようとするあまり、色々な面で停滞が生まれているのではないか。

日本の皇室メンバーや政治家の皆さんが、ヨーロッパの人々のように思い切ったことをする日も、いつか来るのかも。びっくりするようなニュースを見る日が、楽しみでなりません。

婚活成功者に訊け！

過去に書いた本のせいで、晩婚化問題に通じていると思われがちな私。初対面の独身女性から、

「私も典型的な負け犬です」

とか、

「こんなはずではなかった。このままでいいのでしょうか、私」

といった告白であったり心情吐露であったり、をされることも少なくありません。

そんな時に私が必ず言うのは、

「早く結婚した方がいいんじゃないですか？」

ということです。「独身で何が悪い」とか「負けるが勝ち」といった意見を持っていると思われがちなのですが、それは誤解。「皆様にはこんな敗北感を味わってほしくない」という気持ちのもと、後輩独身女性達にはせっせと結婚を奨励しているのです。

そんなある日、小規模な婚活相談会を開催しました。四十代になってから結婚相談所に登録し、とても素敵な男性と巡り会って結婚したAちゃんという友人がいるのですが、Aちゃんの話をすると、後輩独身女性達が皆、目をキラリと光らせる。

「ぜひ、Aさんのお話をうかがってみたい！」

という希望が寄せられ、四十代になったばかりの後輩独身女性であるBさんとCさんをAちゃんに引き合わせ、その体験談を聞く、ということになったのです。会所は、六本木のシックな和食屋さん。私もオブザーバーとして参加しましたが、会は最初から盛り上がりました。

Bさんがのっけから、

「私、結婚相談所はとても興味があるのですが、四十代ともなると、ツヴァイとかO－netのような普通のところか、『35歳から中高年の結婚情報』でおなじみの茜会《あかね》みたいなところがいいのか、迷うんですよ。茜会に入った方がモテるんじゃないかっていう気もして……」

と言えばAちゃんは、

「私もそれは最初に迷った。けど、最初から茜会はもったいないので、まずは普通のところからトライした方がいいわ。それに、結婚相談所でモテてもしょうがない！

一人の人と出会えればいいんだから」

と、経験者ならではの的確なアドバイスが。

そしてAちゃんは、その手のエージェンシーのシステムについて、事細かに講義をしてくれました。登録するには、自分の経歴に嘘がないことを証明するため、学校の卒業証明書から「独身証明書」というものまで、いちいち提出しなくてはならないこと。男性に対しては、身長・体重や職業・学歴等はもちろんのこと、相手の親との同居の可否まで、希望を出すことができる。そして男性達の九割は、「どんな女性が希望か」というところに「料理上手で優しい人」と書いてくる、ということ……。

「私は、あえてバツイチで子供はいない人を希望したわ。この年になって恋愛経験が無い人とか、ちょっと怖いから」

と、Aちゃんは言います。話を聞いてくれるカウンセラーもつき、その人にマッチした相手が紹介されるということで、Aちゃんの場合は登録して三ヵ月で、今の夫と出会ったのです。

話を聞いていると、結婚相談所というのは実に合理的なシステムであることがわかります。「結婚」をしたいのであれば、条件という問題はとても大切。恋愛結婚の場合は、恋愛という麻薬でラリッているうちに、本来ならどうしても譲れない条件まで

「まぁいいか」と無視して結婚してしまいがち。結果、相手の親との同居問題とか、相手の年収問題などで、後から悶々《もんもん》と悩むことになりかねません。それが相談所の場合は最初から、クリアされているのです。また、身元がちゃんと証明されているので、ネットの出会い系のように危ないこともない。

「知り合いにも紹介したけれど、みんな三ヵ月くらいで決まっているわよ」

というAちゃんの話を聞いて、Bさん・Cさんも俄然《がぜん》、やる気が湧いてきた様子です。

世の独身者達は、結婚相談所というシステムは知っていても、「そこまでして……」とか「恥ずかしい」と、登録に二の足を踏むケースが多いのです。プライドが邪魔をするのでしょう。

しかし成功例を身近に見ると、おすすめしたい気持ちが満々に。「本当に結婚したいのなら、何を躊躇《ちゆうちよ》しているのだ」と思えてくるのでした。

東日本大震災の後、「誰かと一緒にいたい」という人が増えて、震災婚がブームになりました。私がよく行くホテルのラウンジでも、震災後数ヵ月は、お見合いのカップルが目に見えて増えたものです。

しかし今、そのラウンジでお見合いをする人達の姿は、ほとんど見られなくなりました。

「私も、震災直後は結婚への意欲が高まったけれど、沈静化した後は『ま、いっか』となって、それなりに安定した普段の生活に戻っていったんですよね……」

と、Cさんも語る。

しかし、A先輩の成功談を聞いて、BさんもCさんも、再びやる気を出した様子です。

「本当にするのなら、一日も早い方がいいわよ。これはビジネスと同じ。機を逸したら駄目なの」

という、バリバリのキャリアウーマンでもあるA先輩の言葉に、深くうなずく二人だったのでした。

もしかしたら三ヵ月後、お目出度い知らせが二つほど届くのかも。自分は何もしていないにもかかわらず、何となく天に宝を積んだ気になった私なのでした。

携帯ないって、ラクっぽい

私が本屋さんで腹の立つことは、二つ。一つ目は、「平積みの本の上に鞄を置いて立ち読みする人」。そんなサラリーマンを見ると、

「あのさぁ、御社で作っている新商品の上に平気で鞄を置いている人を見たら、腹立たない？」

と言いたくなる。本や雑誌は平べったいから荷物を置きたくなるのでしょうが、平べったいものだって誰かが一生懸命に作った商品なのに。

そしてもう一つ、「大声でおしゃべりする人」。静かに本を選ぶ人の中で、友達同士とか携帯電話で話す人は、とても目立つし、うるさい。とはいえ書店は、話をしてはいけないという場所でもないので、じっと我慢するしかありません。

その日も私は、平日昼間の静かな大型書店において、大声で話しながら歩いている若者男子二名に、イライラしていたのです。話の内容から察すると、どうやら二人は大学生で、授業の課題で出た本を探しているらしい。

あまりにうるさいので、彼等から離れようとしたのですが、ふと話の内容に興味を惹かれ、立ち止まった私。

「この前○○教授が言ってたんだけどさー、二十年とか三十年前って、大学の中でちょっと可愛い女の子がいたりすると、男は平気で声かけて、お茶飲みに行きましょうとか言ってたんだって。信じられなくね？」

と、青年A。すると青年Bは、

「まじ？　ありえねー」

と驚きます。

今時の若者は、ナンパなんてしないのかもね。しかし大学内でそんなことあったっけ……、と私は自分の大学時代を思い返しました。キャンパス内で知らない学生から「お茶しましょう」などと言われるなんて、私の女子大生時代を通じて一回も無かった。が、それは私の外見の問題なのだろうから仕方ないとして、他の子はどうだったのだろう。でも、綺麗どころの友人達も、そんなことない感じだったが……。

と考えていると、

「昔はさ、SNSとかなかったから、可愛い子みつけたらその場で声をかけるしかなかったんじゃね？」

「そっか。携帯なかったんだよな。ありえねー」

　と、青年達。なるほど、ＳＮＳがあれば、何となく「可愛い子」の素性がわかり、そしてＳＮＳ上でさほど不自然ではなく近寄ることができるのか。

　彼等からすると、携帯のない大学生活など、信じられないことでしょう。さぞや携帯のない生活を馬鹿にするのだろう、と思っていたら彼等は、

「携帯ないって、ラクっぽくない？」

「まじ、うらやましーわ」

　と言うではありませんか。どうやら彼等は携帯によって縛られ、時にプレッシャーを受けているらしい。かといって、今さら携帯を捨てることなどできるわけもない。携帯のない生活を羨む彼等の姿は、私にしたら意外なものでした。

　その日の夜、電車に乗っていると、私の前には、どうやらナイター帰りらしい若いサラリーマンが二人、座りました。彼等は贔屓《ひいき》のチームが勝ったらしく、ホクホクしています。球場で楽しかった様子をフェイスブック（以下、ＦＢ）に書き込んだとみえて、

「おっ、もうこんなに『いいね！』が来てる」

　などと言っている。

しかしもう一人は、

「俺、二百人友達いるのに、『いいね！』が五人しかいねーよ」

と、不満そうではありませんか。

ちなみに「いいね！」とは、FB上において、誰かの書き込みに対して「同意する」とか「それは素晴らしい」と思った人がクリックするところ。「いいね！」の数が多ければ、その書き込みはウケた、ということになる。

私は、FBは眺めても書き込まない者なので、「はぁ、人はこんなに『いいね！』の数を気にするものなのか」と思ったのです。物書きでもないのに読者数を気にするなんて、大変ね……、と。

昨今は、企業が就活生のFBをチェックしたりするのだといいます。友達の数が一定数以上いて、定期的に書き込みをしているような学生の方が、印象が良いらしい。ということはもちろん、書き込みで気の利いたことを言っているか否か、そしてそれに対する「いいね！」数の多寡も、評価されることでしょう。今時の若者達は、そんなことまで気にしてSNS活動をしなくてはならないとは、可哀想に。

私は、書店でうるさかった男子大学生達に、少し同情したのです。

「携帯ないって、ラクっぽくない？」

という彼等の発言の裏には、そういう意味も込められていたのかも。彼等はSNSによって、「自分が今、いかに充実した生活を送っているか」を、常に世間に対してアピールし続けなくてはならないのですから。

私は、「自分の青春時代に携帯が無くて、本当に良かった」と思います。いつでも誰とでも連絡がとれたら、青い時代の恋愛は、かえってつらいものになるのではないか。そして私達は、日々の生活がどれほど充実していようといまいと、それを世間に公開する必要もなかった。

電話といえば固定されていたあの時代、私はその時に会っている人のことだけを考えることができました。今思うとそれは、非常に贅沢なことだつた。キャンパス内でナンパはされなかったけれど、案外幸せな学生生活であったのだなぁと、今になって気づくのです。

奇跡の「てをつな号」

約一年ぶりに、三陸《さんりく》鉄道に乗ってきました。震災によって大きな被害を受けた三陸鉄道ですが、それまで不通だった北リアス線の田野畑《たのはた》〜陸中野田《りくちゆうのだ》の間が、今年（二〇一二年）の四月から運転再開。そして二〇一四年四月には、今は連絡バスでつないでいる田野畑〜小本《おもと》間も開通予定とのことではありませんか。

久しぶりの三陸鉄道を楽しみに、北リアス線ターミナルである久慈《くじ》駅へ行った時、私は「えっ」と、目を疑いました。駅に停車していた車両には何やら絵が描いてあるのですが、よく目をこらしてみると、そこにはスヌーピー、ミッフィー、ドラえもん、きかんしゃトーマス……といった世界中の人気キャラクターが、手をつないでいるではありませんか。

私は「これ、大丈夫なのっ？」と、それを見て思ってしまったのでした。つまり、「こんな人気キャラクター達を、一堂に描いていいわけがない！」と。

中国で、人気キャラクターを無断で使用しているというニュースをしばしば見ます。また、明らかに有名キャラクターを真似した、なんちゃってキャラクターが跋扈《ばっこ》している、とも。

しかし、ここは日本。どうしてこんなことが可能なのだ……と、頭の中が「？」マークでいっぱいになり、とりあえず写真にとろうとシャッターを押しまくっていたところ、三陸鉄道の職員さんが、

「これは、『てをつな号』っていうんですよ」

と、教えて下さいました。そして、

「ＮＨＫキャラクターの『どーもくん』をつくった方が、世界中のキャラクター関係者の方々に声をかけて、許可をとって下さったのです。子供達にすごい人気の車両なんですよ」

とも。

なるほど！　とやっと合点がいったのですが、しかしそれにしても、キャラクター界の超ビッグスター達が、あまりにもさりげなく手をつないで車両に描かれている様が、まだ私には信じられないのでした。さらによく見てみれば、どーもくんファミリーはもちろんのこと、セサミストリートのエルモ、チェブラーシカ、ピカチュウ、ピングー、ケロロ軍曹、リラックマ、バーバパパに、リサとガスパールも。懐かしいと

ころでは、モンチッチにブースカ、あっ、これはあらいぐまラスカルでは……？

とにかく、その車両はキャラクターの紅白歌合戦、もしくはキャラクターの「We are the world」の様相を呈していたのです。普段、異なるキャラクターが一緒に描かれるなどというシーンは決して見ることがないのに、ここでは奇跡のコラボレーションが行われているではありませんか。スヌーピーが大好きな私は、スヌーピーが右手をどーもくんと、左手をバーバパパとつなぐ様子が信じられませんでしたし、はたまたミッフィーがドラえもんやケロロ軍曹と手をつなぐ様子を、誰が想像し得たでしょうか。

それにしても、こんな奇跡的なコラボのことを、私は今まで全く知らなかったのです。家に戻って調べてみたところ、この「てをつな号」は、職員さんがおっしゃったように、「どーもくん」をつくったアニメーション作家の合田《ごうだ》経郎《つねお》さんが行っている「てをつなごう　だいさくせん　こどもたちに　えがおを」によって実現した、夢の車両。槇原敬之さんによる「てをつなごう」という歌も、あるのです。

この歌のためにつくられたムービーには、列車に描かれたキャラクター達も登場しますし、「てをつな号」に大喜びで乗る子供達も映っていて、キャラクター好き、鉄道好き、マッキー好き、そして子供好きにはたまらん映像。私も思わず、映像を見ながら目頭を押さえました。

世界中のメジャーなキャラクター達を一堂に集めるということは、さぞやご苦労が多い作業だったかと思われます。が、キャラクターの力というのは、ものすごく大きい。子供達のみならず、大人の心にも寄り添うのが、キャラクターなのですから。

昨今は、ゆるキャラが流行っています。多くの自治体などで、様々なキャラクターをつくって、それが話題になったりならなかったりしている。

しかし「てをつな号」を見て私は、ゆるくないメジャーキャラクター達のパワーを、改めて思い知りました。メジャーなキャラクター達は、一人一人（一体一体？）が、強力なオーラを持っています。ゆるキャラというのは、そのゆるさが魅力であり、ゆるさのあまり輪郭がぼんやりしている印象を受けますが、世界のメジャーキャラクター達はどれも、存在感がキリッと立っていて、これぞ「キャラ立ち」。そんなキャラクター達が無数に集合して手をつないでいるのですから、最初に「てをつな号」を見た時、我が目を疑ったのも、無理もないところではないか。

しかしこの「てをつな号」、これほど豪華な奇跡のコラボだというのに、あまり世に知られていない気がしてなりません。もちろん地元では報道されたのだと思いますが、他の地方には届いていない感じ。慎み深い東北の人々は、「どうだ！」とアピールしないのか……。

友人知人に写真を見せると皆、

「何これ！　信じられない！　乗ってみたい!!」

と言う「てをつな号」。既に今年の四月にデビューして、半年間走るとのことですので、今年の夏休み、奇跡のコラボを実際に見てみるのはいかがでしょうか？

〈追記〉その後、「てをつな号」の運行期間は延長され、二〇一三年三月まで、子供達を楽しませていた。

松本清張は知っていた？

神保町で、とある書店に入ってみました。するとすぐに理解できたのが、「ここは、女向け書店なのだ」ということ。女性誌はもちろんのこと、女性向けエッセイ、料理本、ファッションや手芸本など、あらゆる女性向け本が揃っていて、書棚が全体的にピンクっぽい。

そこはかなり楽しい空間なのであり、「なぜ今までなかったのか」と思えてくるほど。もっと可愛く、もっとお洒落にできる余地もたくさんあって、これからの展開が楽しみな〝女書店〟でした。

対して、ビジネス街にあるような書店は、〝男書店〟です。目立つところにあるのは、ビジネス書やゴルフ雑誌。本当ならエロ系書籍ももっと強化したいけれどビジネス街なのでそれはしないでおく、という感じか。

先日私は、そんな男書店をうろついておりました。すると、今年（二〇一二年）が没後二十年だからなのか、松本清張フェア開催中。確かに、松本清張もいかにも時などは、特に。

私は、たまに猛烈に清張作品が読みたくなるのです。忙しかったり心が荒《すさ》んでいる

「男」な作家です。

その日も私は、ちょっとした逃避気分で松本清張フェアの棚の前に立ちました。清張さんは膨大な数の作品を遺されたので、「読み尽くす」ということが無いのが有難い。そして推理もののみならず、古代史や昭和史など、幅広いジャンルの作品があるので、気分によって選ぶことができます。

一冊ずつ「こんな本もあるんだ……」と見ていたのですが、『神と野獣の日』という文庫のあらすじに、目が止まりました。そこには、

「『重大事態発生です』――ある早春の午後、官邸の総理大臣にかかってきた、防衛省統幕議長からの緊急電話が伝えた」

とあり、何が重大事態なのかというと、とある国から東京に向かって、五メガトンの核弾頭を搭載したミサイルが誤射された、ということ。ミサイル到達まで、あと四十三分。一発で、東京から半径十二キロ以内は全滅する……。

明らかに、松本清張の異色作。どうにも気になって購入し、早速電車で読み始めると、これがやめられません。一九六三年に刊行された作品なのですが、東日本大震災

を経験した我々にとって、非常に身につまされる内容なのです。

清張作品らしく、物語は人間ドラマとして進行します。首相、普通のＯＬ、刑務所にいる受刑者。それぞれの行動と気持ちを通して、人間そのものが描かれている。

首相他、内閣のメンバーは、ニュースを聞いてヘリコプターで東京を脱出し、大阪に臨時の政府を樹立します。政府首脳が全滅してしまっては日本が成り立たないからではあるのですが、福島第一原発の事故の時、すばやく現地を脱出した関係者がいた、というニュースを思い起こさせる。

ヘリコプターに乗る前、核ミサイルが間もなくやってくるという情報を、国民に知らせるかどうか、首相は悩みます。官房長官は、

「それを民衆に報《し》らせると、全国、いや、この東京だけでも大暴動が起こるでしょう」「わたしは何も報らせないで、このまま死を迎えさせたほうがよいと思います」

と主張。対して首相は、

「死の瞬間を家族といっしょに迎えさせたいのがぼくの気持ちだ。みんな日本国民だ。最期の覚悟はできるだろう」

という意見であり、結局、国民に緊急ニュースを流すのでした。「日本国民」だから「最期の覚悟はできるだろう」と首相が思うところに、日本人誰しもが死の覚悟を

持っていたという第二次大戦の記憶が、今より色濃い時代に書かれた書であることを感じます。

真実を伝えるか、それとも伝えずにパニックを避けるか。これは先の震災の時も、大きな問題となりました。我々は、「日本国民」だからといって最期の覚悟が簡単にできる時代を生きていないわけで、それを首脳達が知っていたせいか、震災当時は、本当の情報を伝えることよりも、パニックを避けることに重きが置かれたわけです。

小説では、間もなく核ミサイルが飛んでくるという情報を聞いて、首相の思惑からは外れ、東京の人々はパニックに陥ります。人々は、我先に自宅へ、そして少しでも都心から遠くへと向かうのですが、交通は麻痺状態、阿鼻叫喚の人々の波は、道を埋め尽くす。

そして私は、震災の日の、東京における大量の帰宅難民の姿を思い出したのです。あの日、人々は「我先に」という状況ではなかったものの、鉄道が停止した状態で車は一向に前に進まず、帰宅を急ぐ人々で道路は溢れた……。

小説では「こうなったらやぶれかぶれ」と婦女暴行事件もあちこちで起こります。「女たちの中には、男のそのような暴力を自分から歓迎する者がいた」「ことに人妻がそうだった。世間的な規制がいっさい取られたとなると、その呪縛からのがれた身体は燃え立っていた」といった記述に、清張さんの女性観の一端が見えておかしいのだけれど、しかし全体を通して、身につまされることが多すぎる本。

東西冷戦時代、核兵器の脅威はリアルなものだったわけです。清張さんは、冷戦終結直後に亡くなられたわけですが、その後の日本が今のような核の恐怖に包まれることを、果たして想像されたでしょうか。

いざという時、人はそして自分は、どうするか。人類は、どこまで進歩すれば気が済むのか。この本をより真剣に読むことができるのは、もしかすると六〇年代の読者ではなく、現代を生きる我々のような気がしてなりません。

ＥＸＩＬＥの企業性

コンサートに行くと、その歌手そっくりの扮装《ふんそう》をしたファンをしばしば見るものです。その日私は、東京ドームにて、アツシそっくりの人を何人も見かけたのですが、彼は盛んに、他のファンから記念撮影を求められている模様。

アツシとはあの、ＥＸＩＬＥのボーカルの人（本当はＡＴＳＵＳＨＩと表記する。他メンバーも全てアルファベット表記だが、読みやすさの観点から、片仮名表記にさせていただきます）。いつもサングラス姿で、一番コワモテ風ですが、実は気が弱いのでサングラスを外さないのだという話も……。

そう、私はＥＸＩＬＥのコンサートにやってきたのです。大ファンというわけではないけれど、現代を代表する歌い手である彼等を、見てみたいではありませんか。

東京ドームは、五万人のファンでぎっしり満員。メンバーが大きな山車《だし》（フロートと言うべきか。しかし彼等を見ていると、祭の山車にのぼるお兄ちゃん達を思い出すものので）に乗って登場すると、会場は一気にヒートアップ！

ここでまず驚いたのは、彼等の腰の低さです。ファン達に手を振ることはもちろん、時に深々とお辞儀をするメンバー達の姿は、選挙活動のよう。

ライブが始まってすぐわかったことは、「自分は、ＥＸＩＬＥのメンバーをほとんど知らない」ということでした。件《くだん》のアツシ、そしてリーダーのヒロさんのことはかろうじてわかる。タカヒロとか、マキダイとかアキラという人も何となく認識。しかし全部で十四人いるという他のメンバーの識別が難しく、「名札をつけてほしい」と、真剣に思いました。

結果から申し上げると、コンサートは四時間という長丁場。ＥＸＩＬＥのみならず、関連の他グループも多数出演したため、長時間化するのです。

リーダーのヒロさんは、ＥＸＩＬＥが所属する事務所の社長でもある実業家ですが、ＥＸＩＬＥ以外の知らないグループ達を見ていると、「企業を経営するということは、こういうことなのだなぁ」と思えてくるのでした。

各グループのメンバー構成は、複雑です。三代目 J Soul Brothers（以降「三代目」）というグループもあって、その中の何人かは、ＥＸＩＬＥと兼任。その辺りを私は、ＥＸＩＬＥファンの女子である私のトレーナーさんに事前に聞いていたのですが、

「『三代目』の元となった初代っていうのは、ＥＸＩＬＥの元となったグループで、その後○○が抜けて××が加入して……」

といった解説を聞いても、よくわからない。

その辺りは、彼等を企業体として見ると、わかりやすいのだと思います。ＥＸＩＬＥと「三代目」を兼任するメンバーを見ると混乱するのですが、そういえば企業でも、ある部署に属しながら他部署にも兼属、という人がいる。そして、企業が大きくなっていけば、ポストを増やさなくてはならないが故に、部署も増やさなくてはなりません。

トレーナー女子は、

「うちのジムで言うならば、トップがヒロさん。二番手のトレーナーである○○や××が、マツとかウサ、アキラといったところ。そして私くらいの中堅がアツシ。働き盛りの若手が、二つのグループを兼任しているナオトとかって感じですかね」

と説明してくれて、それで私もよくわかった。

そう考えてみると、最近の人気グループは、この手の企業体っぽい感じであることが多いものです。その先駆となったのは、次々とメンバーが卒業したり加入したりしたモーニング娘。かと思いますが、ＡＫＢ48も、ＳＫＥとかＨＫＴといった国内支社的グループを出しているのみならず、JKTなど国外支社もある。

そういえば、さっしーこと指原莉乃《さしはらりの》さんは、スキャンダルのせいでHKTに転属となりました。この左遷人事も会社っぽいし、地方のメンバーがAKBメンバーの人気を凌いだりするのも、「地方採用、もしくはノンキャリ組が、中央のキャリアに勝つ」みたいなストーリーのよう。

ジャニーズ系アイドルグループにおいては、この手の「グループ間の人事交流を盛んにして活性化し、話題性もアップ」という手法はとっていませんでした。古くはフォーリーブス、シブがき隊そして少年隊も、メンバーは固定化されたまま、年を重ねたのです。

しかし最近は、錦戸《にしきど》くんが関ジャニ∞とNEWSを兼任しながらやがて関ジャニ∞に専念したり、山下くんがNEWSを、赤西くんがKAT-TUNを脱退したりと、メンバーが流動的に。これは、AKB系やEXILE系に見られる、「組織の流動性を見せて話題づくり」という戦略にならったのかもしれません。

数少ない知っている曲「チューチュートレイン」で興奮し、EXILEライブは終了。家に帰ると疲れ果てていましたが、ついEXILE公式サイトをググっている自分がいました。メンバーの顔と名前を照合し、経歴をチェックしているうちに、「この組織をもっと知りたい」という気持ちになってくるのは、やはり私も組織好きの日本人だから。

大人数のグループにいた人は、グループに属している時は人気者でも、脱退してソロになった途端にパッとしなくなることが多いものですが、それもまた我々の、「所属好き」のせいなのでしょう。とりあえずは前田敦子さんが「所属」という魅力を失った時にどうなるのかが、気になるところです。

〈追記〉前田敦子さんはその後、無事にＡＫＢ48をご卒業。ソロとしても活躍しておられる。そしてＥＸＩＬＥのヒロさんは、パフォーマーを引退し、プロデューサー業に専念。

同窓会での互助活動

　高校までの同窓会が、先日開催されました。私の学年では、律儀にも四年に一回、オリンピックイヤーに開催しています。

　実は私、幹事を務めました。「ました」と言うより、毎回幹事なのです。確かに幹事は面倒臭いのですが、同じメンバーで毎回幹事をしていると、同窓会幹事というサークル活動のようでだんだん楽しくなってくるし、幹事スキルも次第にアップ。同級生裏情報にも詳しくなってきて、

「このネタは墓場までもっていかなくては……」

などと語り合うのもまた楽し、と。

　四年前、二〇〇八年の北京五輪時同窓会と、今回（二〇一二年）のロンドン五輪時同窓会で最も変わった点。それは、フェイスブックの導入です。同級生のグループをFB上につくり、同窓会情報をやりとりしているうちに、海外や地方にいる人達も、「行きたい！」と参加意欲を見せてくれ、遠くはアメリカ本土から駆けつけてくれた

人も。今まで連絡がつかなかった人が、ＦＢによって発見されたということもありました。

そして当日。ホテルの宴会場に同級生達が集まってくると、一気に昔の記憶が蘇ります。何によってかといえば、その尋常ではない騒々しさによって。

女が三人集まれば姦《かしま》しいわけですが、我々の母校は女子校。姦しさが数十倍となって、宴会場にわんわんと響き渡っています。受付業務を終えた私が宴会場に入った途端に、「この会場は音響効果がどこかおかしいのではないか？」と思えるほどのやかましさで、先生のスピーチなどが始まっても、誰も聞いていません。

集まった同級生達は、皆さんそれなりに美しかったのです。四十代半ばともなれば、誰かがちょっとやそっと老化していても誰も驚かないし、互いに、

「どうしてあなた、そんなに変わらないの！」

「あなたこそ、すっごくきれい！　何かしてるの〜？」

と褒め合うという互助活動によっていい気分になるという術も知っている。

女子校の同窓会など、何が面白いのだ、という話もありましょう。共学であれば、同窓会に昔好きだった人や元恋人が来ていたりして、嬉し恥ずかしな気持ちになることができる。焼けぼっくいに火とか、同窓会不倫といった活動も盛んなのだと言いま

す。

「学生時代も共学には憧れたものだけど、共学の同窓会も、ちょっと羨ましいわね」

と皆で言っていたけれど、

「でもやっぱり、女ばっかりって安心できるー」

「これぞホームグラウンド！」

と、往年の女子校魂を皆、奮い立たせていた。女だけだというのに、事前にダイエットをしてきたとか、エステに行ってきたという人もかなりいたのです。

とはいえ、男性も二人だけ参加していました。それは、学生時代に担任だった男性教師二人。彼等は、さすが元女子校教諭だけあって、黒二点という状況にも、まったく物怖じすることがありません。そして中には、「昔、○○先生が好きだった」という人もいて、いそいそと話しに行ったりしている。人って、どんな状況でも恋はするのですねぇ。

私はといえば、子供の頃から意地悪キャラだったもので、この手の集《つど》いにおいては、

「昔、サカイからこんなひどい事を言われて傷ついた」

などと告発されることがしばしばなのですが、今回はちょっと心温まることが。

それは、真面目で優しくて愛らしいキャラクターのAちゃんと話していた時のこと。

「私、中学の時にサカイから、『Aちゃんは、共学に行ったら絶対モテるよ。私が男だったら、Aちゃんを彼女にしてあげる！』って言われたことあるの。男の子なんて全く縁の無い生活だったから、それがすっごく嬉しくて、ずっと心の支えだったのよ！」

と、Aちゃんが言うではありませんか。ふーん、私ったらそんなこと言ってたの。これまた女子校ならではの発言であるわけですが、そんなAちゃんも、今は優しいお母さんとなっているのでした。

この同窓会において、私は毎回、既婚率というものを計算して発表していたのです。希代《きたい》の晩婚校である我が校、前回の同窓会時は、四十を過ぎても、既婚率はやっと六割に届くか、という程度。それから四年の間に新たに結婚した人は、二人だけ。

そして私は、「ま、これから離別死別で既婚率が減ることはあっても、もう増えないな」と判断し、今回は統計をとらないことにしたのでした。我が校は、晩婚校ではなくて非婚校だった、という結論に達したのです。

そんな状況ですから、未婚だろうがバツを何個持っていようが、子持ちだろうが子ナシだろうが、皆フラットに会話できます。韓流おっかけ主婦も大学教授も、皆昔の女子高生に戻っているのです。

盛り上がって終了した同窓会の翌日は、FBがとても賑やかになりました。皆がそれぞれ撮った写真をアップすれば、それにつけるコメントがまた、騒々しいことこの上ない。

「○○ちゃん、本当にいつまでも可愛い！」

「××ちゃんこそ、スタイルがよくって羨ましい！」

と、こちらでもまた、互助活動が継続する様子は何とも微笑ましいのであって、幹事冥利につきるとは、このことなのです。

ラグジュアリーは、生まれつき

少し仕事の手が空いたある週、私はプチ夏休み気分を味わっておりました。今回の夏休み、私のテーマは「ラグジュアリー」。それというのも、以前いただいた、とある外資系高級ホテルのスパにおけるマッサージのチケットを、この機会に使おうと思ったからです。

ホテルに着き、エレベーターで高層階に上がっていけば、そこは素敵なスパフロア。まずはソファーでレモングラスの香りのお茶を飲みつつ受付を済ませたら、ロッカールームへ。

スーパー銭湯などに行くと、「こんなに細ーいスペースに、一体どうやって荷物を入れろというのだ」というロッカーに、他の人とぶつかりながらやっと服を詰め込む、といった目にあうものですが、さすが高級ホテルのスパ、ロッカーのスペースもゆったり。新宿からスカイツリーまで見渡せるお風呂やサウナにゆっくり入ったら、ガウンに着替えて別室へ。

ここは、マッサージなどの前にちょっとゆっくりする部屋なのです。これまたスーパー銭湯であれば、畳でごろ寝となるところ、こちらには清潔なタオルが敷かれた天《てん》蓋《がい》つきベッドがあって、ちょっとしたおやつ、フレッシュジュースなどの飲み物も。お昼寝までラグジュアリーにできるのです。

そしてマッサージは、これまた素晴らしい眺めの広々とした部屋で、きれいな優しいお姉さんがして下さる。終ったらまた、お茶とおやつが……。

というわけで私はこの体験をおおいに楽しんだのですが、一方で完全にリラックスしきれていない自分も、感じていたのでした。ラグジュアリーなスペースで堂々と振る舞う度量が無いというか、スーパー銭湯の岩盤浴でストレッチしている時のようには、自らを解放していない気がしたのです。

その週はもう一つ、ラグジュアリーなイベントがありました。知人に誘われて、とあるお金持ちのお宅で開かれたバーベキューにうかがったのです。

会場は、都内某所の、見たことがないような高級マンション。何十人もの人が集ってバーベキューができるスペースがある部屋ということで、そのラグジュアリーさは推して知るべし。炭火で焼かれるお肉はバーベキューの域を超越した肉質ですし、かき氷のコーナーで、氷にじゃぶじゃぶかけられているのはドンペリじゃないですか……。

大会社の社長さん、誰もが知る有名人、そして謎の美男美女といった客層もまた、私をうっとりさせました。ぱくぱくと肉を食べつつ、心の中では「うわーっ」と驚きっぱなし。

しかしここでも私は、借りてきた猫状態と言いましょうか、高級スパにおいてと同様、「私の本当の居場所はここではない」という気がしてならなかったのです。もちろんとても楽しいのだけれど、「すいません私がいて」という気分に。

そこで痛感したのは、この世には元々、ラグジュアリー適性がある人と、そうでない人がいるということでした。ラグジュアリーな場で堂々とできる人というと、元々お育ちが良いとか、お金持ちであるといった資質を持つ人を想像しますが、決してそうではない。どんなお育ちであろうと経済状況がどうあろうと、生まれつきラグジュアリー適性を持つ人がいて、その手の人はどれほど豪奢《ごうしゃ》な場も、生き生きと楽しむことができるのです。

考えてみると私の母親が、その手のタイプでした。サラリーマンの妻であったにもかかわらず、どんなパーティーにも物怖じせずに出かけていき、おおいに社交を楽しんでいましたっけ。ラグジュアリー系のお買い物も、大好きだったなぁ。

対して娘の私はというと、どうやらその適性を持っていないようなのです。平たく言うと貧乏性というやつでしょう。社交は苦手だし、買い物嫌いというわけではないのに、たまにブランド物など買うと、ひどい罪悪感に見舞われる。親子なのにどうして……と思われるほどの違いです。

ラグジュアリーな生活を眺めるのは、大好きなのです。友人の間で「二大ラグジュアリー巨頭」と言われる女性が二人いるのですが、彼女達のブログで見るそのラグジュアリーライフには興味津々。

「なんかさ、普段着がパーティーファッションみたい」

「スニーカーをはいたことがないらしい」

「美容院で読んだ雑誌に載っていたダイヤのブレスを即買いしたんだって！」

などと、ブログを読んだ友人と言い合うのはとても楽しいのですが、そんな友人もまた、適性を持たない人なのでした。

そう考えると、木嶋《きじま》佳苗《かなえ》という女性は、ラグジュアリー適性を持つ人だったのだと思います。どんな手段でお金を稼ごうと、彼女はラグジュアリーな生活をしている時に、最も生き生きとしていられた。法廷でなぜか着替えてくるとか露出度が高いとかやけに堂々としているというのも、適性があるからこそ。高級スパも高級バーベキューも、彼女なら堂々と楽しんだのではないか。

バーベキューをおいとました後、地下鉄で帰った私は（そんな人は私だけだったと思う）、近くの西友で翌日のための買い物をしたのですが、そのお会計は九百八十九円。レシートを眺めつつ、「これが身の丈ってものですな」と、ちょっとホッとしたのです。

「男も不妊」と卵子の老化

今もたまに、

「子供、産まないわけ？」

と聞かれることがあるのですが、

「う、産めるわけないじゃないですか〜、もう卵子なんかすっかり老化しちゃってヨタヨタですよ」

と答える私。

この目で我が卵子を見たわけではないけれど、もはや卵子の老化を身体でひしと感じるお年頃。「卵子は老化する」というのは女性の共通認識かと思っていたら、意外と知らない人が多いようです。

それは、三十代半ばの独身女性と話していた時のこと。

「この前、NHKスペシャルで卵子の老化について放送していたんですよ。私、そんなこと知らなかったからびっくりして……」

と、彼女が言うのです。新聞の投書欄にも、その番組を見た三十代女性からの「知らなかった『卵子の老化』」という投書が（でも彼女は「幸い私は30歳前に子どもを産むことができました」という人なのですが）。

私は見逃しましたが、確かにＮＨＫスペシャルで「産みたいのに産めない　卵子老化の衝撃」という番組が放送されたのです。不妊大国の日本においては、卵子は老化するという事実を知らない女性がつい妊娠出産を先延ばしにしたり、また男性が不妊治療に協力しないでいる間に、妻の卵子が老化して結局妊娠できないケースが多い、といった内容だったらしい。

不妊は古来より、女性側の問題とされていました。「石女《うまずめ》」という言葉はあっても、「石男」とは言わない。子宝祈願の神社に絵馬を奉納するのも女性ばかりで、男性はお参りに行かなかったのです。

また、秘湯系の温泉ではたまに、女湯に石の陽物《ようぶつ》像が屹立《きつりつ》していることがあるのですが、その手の温泉は「子宝の湯」と称されるところ。温泉に入って陽物をさすると妊娠する、とされていたのでしょう。しかし子宝の湯においても、男湯に女陰《にょいん》像が祀《まつ》られているという話は、聞いたことがありません。

不妊治療が盛んな今となっては、神社や温泉に頼るより、病院に行く方が手っ取り早いわけです。が、それでも「俺は関係ない」という顔をして、病院に行くことを嫌がる男性が多い模様。

彼等の気持ちも、わかります。女性に比べて男性は、生々しいことを直視するのが苦手で、病院嫌いの人が多い。また、「男性側が原因」となった時のショックを受け止める自信も、無いのでしょう。

実際、不妊に悩んでいた知り合いのある奥さんは、夫婦で不妊の検査を受けた結果、夫側に原因があったのだそうです。しかし「これを夫が知ったらショックを受けるから」と、「私が原因だった」ということにして、治療を進めたというではありませんか。

それは、何とも古風な妻の姿です。こういうことも、内助の功と言うのかもしれない。しかし、男のプライドを守るために妻からそんな風に気を遣われて、「俺は大丈夫だった」と信じて墓場まで行くのであろう男性もまた哀れ……。

そんな時、書店をぶらぶらしていたら、「東洋経済」の表紙に目が留まりました。赤ちゃんのアップの写真に「みんな不妊に悩んでる」との文字が。その下には、「原因の半分は男性です」と。

一見、女性誌の表紙のようなのですが、「東洋経済」はまぎれもない経済誌。「これは新しい」と、思わず購入いたしました。

開いてみれば、本当に不妊の大特集が。それも、男性不妊にググッと寄っている。

女性誌においては、妊娠出産特集でしばしば、子宮と卵巣の配置図があって「排卵のしくみ」などが解説されているのですが、ここでは男性の下半身の断面図が示され、生殖器や精子の構造が詳しく説明されている。その上で、男性不妊の原因ベスト4（一位・乏精子症、二位・無精子症、三位・精子無力症、四位・勃起障害、だそうです）とその原因&治療法が。

男性不妊治療の流れもイラスト入りで書いてあるし、「あなたの精子を守るための10ヵ条」もありました。ちなみにその10ヵ条によれば、「ブリーフよりもトランクス」、「育毛剤を飲まない」、「自転車・バイクに乗りすぎない」、「膝上でノートPCを使わない」といった具体的なアドバイスが！

多くが男性読者と思われる経済誌においてこの大特集は、非常に大胆な取り組みです。NHKスペシャルが男性に対して訴えたかったことが、ここではきちんと男性に説明されているのです。

子供を産むのは女性であるからこそ、「妊娠とか出産とか子育ては女性の領域」と、男性は思うのでしょう。しかし我が国の少子化は今や、国の浮沈に関わる問題となっています。既に人口減少社会となった日本のマンパワーは、これからも増える見込みは無い。「男性の、不妊への無関心と無自覚」は、経済誌が取り上げるのも当然な、深刻な経済問題なのです。

原発推進派は、「豊富な電力が無いと、国際競争に勝つことができず、日本は衰退する」と言います。が、それよりも人口が激減したら、未来の日本は勝ち負け以前に、競争のスタートラインにすら立てないかも。そして人口が激減すれば、それほど電力は必要ではなくなるのかも……。

そういえば「あなたの精子を守るための10ヵ条」の中には、「放射線に要注意」という項目もありました。まずは放射線の少ない日本をつくり、たっぷり子供が産まれてから、「たっぷり電力を生む」ことを考えてもいいのではないか、という気もするのでした。

我が家の墓は新大久保にあるのですが、墓参りのため駅を降りても、韓流ファンの人波に阻まれ、なかなかお寺に近づくことができません。そんな自分も韓流ファンに見えるであろうことにちょっとイラつきつつ、いつも奮然と人込みをラッセルしているのでした。

この度、思い立って韓国旅行をすることにした私。友人と「サニー」という韓国映画（韓流イケメンは出てこない、女の友情もの）を見て感動。「韓国に行きたい」と実施が決まったのですが、しかし我々の姿も、「韓流好きの二人旅」にしか見えないことは十分にわかる。

韓流ブームは、既に一過性のブームとは言えないものとなりました。昔は「夫婦仲が冷めたおばさんが夢中になるもの」という感じでしたが、今や若い女性達も韓流アイドルに夢中だし、「えっ、この人も！」というような知的な大人の女性も、韓流にはまっていたり。韓流に対してピクリとも反応できない自分が異常なのではないか、という気もしてきました。

韓流の魅力の秘密を、韓国に行けば理解することができるのか。……と期待しつつ羽田から乗った飛行機で出た機内食のビビンバが既に美味しくて、つい完食。あっという間にソウルに到着しました。

前回、韓国に来た時は、まだ韓流ブーム前。日本との違いも、かなり感じたものでした。しかし今回ソウルを歩くと、そこはほとんど東京のようで、ハングルが読めないことを除けば、全く違和感無し。東京における新宿のような繁華街である明洞《ミョンドン》を歩くと、日本人女性がターゲットの化粧品店があちこちにあって、街全体が日本人女性仕様になっているようです。

しかしもちろん、違いもあります。ソウルを流れる漢江《ハンガン》の南にはお洒落な街並が広がるということで、地下鉄に乗って狎鷗亭《アックジョン》駅に降り立ってみたのですが、驚いたのは地下鉄駅の蒸し暑さ(ソウルも今、盛んに節電しているそうです)ではなく、駅の広告が全て、美容整形外科のものだということ。地下道の壁いっぱいに、整形前と整形後の巨大写真が並んだ電飾看板が並んでいるのです。

貧乳女性が豊乳になっていたり、シワシワ中年がツヤツヤ肌になっていたり、重たい一重まぶた女子がぱっちり二重になっていたりと、整形前↓整形後の変化は甚《はなは》だしい。地下鉄改札から出口まで延々と続くその手の広告に、我々はついじっくりと見入ってしまいました。

韓国では美容整形が盛んだということは、かねて聞いていました。街を歩いていると、明らかに「あ、整形」という顔の人も、しばしば見かけます。そしてこの広告の量を見て私は、韓国が整形大国であることを改めて実感したのです。狎鷗亭駅近辺は若者の街、かつ芸能事務所なども多いのだそうですが、そんな街にやってくる若者達は、美容整形外科の格好のターゲットということになる。

広告群に圧倒され、

「せっかく来たのだから、我々もチェ・ジウみたいにしてもらう？」

などと言っていたのですが、

「じゃあ、もし手術するとしたら、自分の顔のどこを直す？」

という話をしていると、「やっぱり顔を切るのはどう考えても怖い！」ということに。

その後、我々があるデパートに入ったところ、エスカレーターですれ違ったのは、大きなマスクを装着し、そのマスクからはみ出た目と鼻が赤黒く腫れあがっている女の子でした。顔以外は無傷で、ショートパンツにタンクトップといった軽快な出で立ちなのですが、マスクで隠しきれない顔の腫れっぷりは、試合直後の敗戦ボクサー以上。

「……ということは？」

「整形直後、ってこと？」

と、我々は顔を見合わせた。

そして私は、美へと挑戦し続ける人間の強さを、知ったのです。手術は怖いだろうし、麻酔が切れたら痛いだろう。そして腫れている顔を見るのもつらいだろうに、それでも人は、敢然《かんぜん》と「お直し」をする。

私のような「整形コワイ」という考えは、既に古いのでしょう。整形後の顔腫れ女子は普通にデパートで買い物していましたし、街の整形美女達も、明らかな整形感を漂わせながらも、堂々と美女っぷりをアピールしていた。整形先進国・韓国の女子（女子だけではないことは、広告が物語っていたけれど）は皆、整形に対してあっけらかんとしているのです。

結婚前に整形で二重にしたという韓国の主婦と、以前話したことがあるのですが、彼女も「夫は整形だってこと、知ってますよ。でもきれいな方がいいでしょう？」と言っていましたっけ。

翻《ひるがえ》って日本では、エリカ様主演ということで、映画「ヘルタースケルター」が、何かと話題です。主人公は、整形美女。繰り返し整形を受けることによって彼女の心身は蝕まれていくのですが、しかしこれは、「親からもらった身体に傷をつけるのはいかがなものか」「自然が一番」という日本人が考えた物語。韓国の人であったら、「直せばもっと良くなるのだから、なぜ罪悪感を持つの？」と思うのではないでしょうか。

色々な面で、韓国に押され気味の昨今の日本。彼の国の人々の強さは、こんなところにも表れているのかも。しかしソウルを歩いていると、「この人は整形をしても……、いいかもね？」という人が自然のままの姿で歩いているのもまだ見受けられ、カタツムリクリーム（という韓国コスメが日本人の間で流行っている）程度で美しくなろうとあがく日本人としては、少しホッとしたのでした。

怒れる中年達

怒りの現場に遭遇することが、最近多いのです。たとえばある喫茶店に入ったら、隣の席に座った中年女性から、何やら青い炎のようなオーラが。彼女は店の男性に、

「あなた今、『お待たせしました』だけで済まそうとしたわよね？　何分待ったと思ってるの？」

などと、低く激しく怒っている。

話から想像するに、彼女が注文した品が出てくるのが遅くなったのだけれど、その品を持って来たウェイターさんが「大変お待たせして申し訳ありません」ではなく「お待たせしました」だけで去ろうとしたことに腹を立てたらしい。

ウェイターさんはしきりに謝っていますが、彼女は許そうとしません。あげくの果てに、

「あっち向いて、しばらくそこに立ってなさいよ」

と言うではありませんか。宿題を忘れた昭和の小学生が廊下に立たされるが如く、

ウェイターさんは店の端に立たされたのです。

その店は今時珍しい普通の喫茶店、かつ大バコなので、いつも混雑しています。混雑している時に従業員が一人欠けるのはかなり店にとって痛手であろう。

それよりも私は、立っているウェイターさんと、むすっとしたまま雑誌を読んでいる女性の動向が気になって、自分達の会話に身が入りません。「この人はこの事態をどう収拾するのだ？」と思ったら十分くらいした後、

「○○って女の子、呼んできて」

と彼女。どうやら最初に注文をとって「少々お待ち下さい」と言ったのが○○さんらしいのですが、○○さんはそこに来た途端にさんざ怒られ、そしてやっぱり「そこに立ってて」と、立たされていた。

もうこうなると、彼女がいかにして振り上げた拳を下ろすのかを見届けたくて仕方がなかったのだけれど、私はほどなく店を出なくてはならず、立たされたままの○○さんを横目に、後ろ髪を引かれる思いで席を立ったのです。

次は、ドコモショップでの出来事です。私は修理の相談で行ったのですが、土曜午後のドコモショップは、とても混んでいる。整理券を取って、本を読み始めました。

すると背後で、男性の怒声が。

「冗談じゃねぇよ！　何が一時間だよ！　ふざけんな」

と、かなりのおかんむりです。

彼は整理券を取って、だいたいの待ち時間を聞いたら「四十分ほど」と言われたので、いったん店を出て三十分後に戻ってきた、と。すると、思いのほか順番は早く進んでいて彼の番号はすでに通過。新たに整理券を取ると「一時間待ちです」と言われたらしい。

彼はいったん怒りだすと手がつけられないタイプらしく、「責任者を出せ」はもちろんのこと、最初に「四十分です」と言った女の子も呼び出し、怒り散らしている。

振り返って見ると、普通の中年男性で、傍らには困ったような顔の子供もいる。

「お父さんが外で怒っちゃうと、子供ってすごく嫌なのよね〜、わかるわかる」と、私は子供の肩を叩きたい気分に。

彼は軽く三十分以上は怒り続けていたのであり、「それだけ怒る時間があるのなら、外に出ずにここで待っていた方がよかったのでは？」と言いたくなったのでした。

そしてその後は、デパ地下のケーキ売り場にて。ケーキを物色していた私の耳に入ってきたのは、

「あなた、すごく態度悪いわよね。さっきの人も態度悪かったけど。気をつけなさいよ」

とプンプンしながらケーキを買う、女相撲が強そうな中年女性。ケーキ屋さんの若い店員は、

「本当に申し訳ありません」

と、平身低頭で会計している。

そんな現場を通りすぎつつ、「怒る人が多いのは、暑さのせいなのかしらん」と思っていた私。そして理解したのは、怒る人には共通点があるということなのでした。

まず、怒る人は記憶力が良いのです。喫茶店において注文をとった人の名前、ドコモショップで待ち時間を聞いた人の名前……と、いちいち覚えている。「隙あらば怒ってやろう」という心構えが、記憶力を向上させるのでしょう。

そして彼等は皆、中年です。外で目にする怒りの現場というのは、消費者が店の人に怒るというケースが多いわけですが、そこで怒るのは若者ではなく、いい大人。「キレる若者」などと言いますが、社会経験が浅い若者は、まだ「店の人」に対して低姿勢なのです。

対して中年は、「店の人」が自分より下だと思っているため、「地位も立場もある私

（もしくはオレ）に失礼な態度をとるとは何事」ということで、怒ってしまうのだと思う。ま、働き盛りの世代にはいろいろストレスもありますしね。

しかし第三者からすると、怒っている人よりも怒られている人の方が、まともに見えるのでした。怒られている側に非があっても、本当に謝っている人に対して大人がいつまでも怒っていると、周囲からは「ああいう人をクレーマーって言うのだろうな」と見える。

それは、他人事ではありません。「レストランで、つい店の人に色々注意してしまう」という同世代は多い。人生経験を積むと、確かに他人のアラが見えてしまうものであり、別の友人は、

「最近、『Aさんって毒がありますよね』って若者に言われるのよ。私は昔からずっと、感じたことをそのまま口に出していたけれど、若い頃は『毒』だなんて言われなかったのに！」

と、嘆きます。

どうやら、老婆心とクレームは紙一重らしいのです。私も、「感じたことをそのまま」口に出さないように、気をつけようっと。

真夏の岡っ引き

怒り出す中年の話を前項で書きましたが、実はそういう私がこの夏、ずっと怒っていたのです。

怒りの原因は何かといえば、女性達の「脚」。このクソ暑い夏に、レギンスやらトレンカやらをはいている女性が、あまりにも多くはなかったか。

レギンスやトレンカがわからない方のために念のため解説しますと、それらは黒い股引《ももひき》のようなもの。スカートやショートパンツの下にそれらをはくというスタイルが、ここ数年、女性達の間で流行っているのです。

それがやけに気になったのは、先日韓国に旅行した時でした。韓国の人達は我々と顔が似ていますが、彼の国の人々と日本人観光客の見分け方は、「レギンスをはいているか否か」。あちらでは、少なくとも暑いさなかにレギンスをはく人はいませんでした。

日本以上に暑く感じられた韓国において、それでも日本人女性達は日本でと同じように、レギンスをはいているのです。二、三人の女性グループが全員黒いレギンス姿だったりすると、まるで岡っ引き集団がパトロールをしているようではありませんか。

短パンやミニスカートで堂々と脚を出している韓国人女性の脇に、岡っ引き達がいると、我が同胞達がもっさりして見えることこの上ありません。韓国女性は確かにスタイルが良いのですが、日本人女性は、彼女達との勝負の土俵にすら立っていない感じ。判で押したような黒のレギンスは、ミニスカートやショートパンツの軽やかな風合いやきれいな色も台無しにしています。

それを見て私は、憤りを覚えたのです。

「何て暑苦しい！　なぜ堂々と露出しないのだ？」

と。

さらに見ると、レギンスファッションの日本人は、ほぼ例外なく、姿勢が悪いのです。

「日本が韓国に負けまくっているこのご時世に、女まで猫背でコソコソ身体を隠してどうするのだ！」

と、ますます腹が立ってきます。

そればかりではありません。昨今、妙齢女性の方が、日焼けを避けるための腕カバーのようなものをしているのをよく眼にするのですが、韓国においては、レギンス&腕カバーというスタイルの日本人もいるではありませんか。そうなるともう手甲《てっこう》&脚絆《きゃはん》にしか見えず、「死出の旅……?」という不吉な感じすら漂ってくる。

レギンススタイルを好む人に、「なぜはくのか?」と、問うてみたことがあるのです。すると彼女は、

「だって脚が細く見えるのよ」

と答えた。

その気持ちも、わからぬではありません。黒い布で覆えば、舞台の黒衣《くろこ》と同様、「なかったこと」にできると思うのでしょう。

が、それは違う。生脚を隠したからといって、太さは同じ。かえって足首のところでラインが分断され、輪郭が強調されることによって、脚が太く短く見えることもしばしばです。

私がレギンスを腹立たしく思うのは、そのように「臭いものには蓋」的感覚で着用されているからなのです。「ミニスカートははきたいけど、脚には自信ないから……、レギンスはいちゃえ」という事なかれ主義に、「だったらズボンにすれば?」

といらいらする。

レギンスに対する嫌悪感は、私のみならず、男性達も抱いているようです。つまり彼等は、

「あの格好だけは、いくら流行っても全くグッとこない」

のだそう。わかるわぁ、その気持ち。どれほど短いスカートやショートパンツをはこうと、その下にレギンスをはかれてしまうと、スカートやショートパンツの意味が無い。つまり全く食指が動かないというのです。

確かに、いざ事に至ろうという時、スカートの中に手をいれたらそこにはレギンスが……というのは、興ざめすることでしょう。レギンス着用は、「私には手出ししないでください」という意思表示にも見える。

女性側も、そんなことは承知の上なのだとは思います。彼女達も、大切なデートの時はレギンスを脱ぎ、スカート一丁で行くに違いないのですから。

どうやらレギンスには、中毒性があるようです。

「脚のラインとかムダ毛とかも気にしなくてよくてラクだからレギンスばっかりはいていたら、レギンス無しでいることがすごく恥ずかしくなってしまった……」

と言う女性もいましたっけ。ずっと眼鏡をかけている私のような者が、裸顔をさら

すのが恥ずかしくなるようなものか。

そうこうしているうちにレギンスの立場も、変わってきたようです。会社員の女性が、

「この前、得意先の接待の席に、若い子がレギンス姿で来たのでびっくりしちゃった。確かにジャケットは着てたけど、レギンスってカジュアルファッションでしょ？」

と言っていたのです。レギンス中毒の人にとっては、もはやレギンスはフォーマルウェアとしてもＯＫ、という感覚があるのかもしれません。

その浸透ぶりを見ると、女性達がレギンスを脱ぐことはしばらくなさそうですが、「海外では異様に見える」ということは、わかっていた方がいいのかも。岡っ引きといっても海外の人はわからないのであり、旅先で思いきってレギンスを脱ぐ練習をしてみるのも、いいような気がします。

健さんはスマホを持っているか？

冷房がガンガンに効いているお店での飲み会において、カーディガンだのひざ掛けだので自衛を固める私を見て、

「これ、着れば？」

と、脱いだジャケットを私にすすめて下さる男性がいました。

その時私は、強烈な懐かしさに包まれたのです。男性が脱いだジャケットを、寒がりの女の肩にかける……というのは、昭和時代のデートシーンにおいて、よく見た状況でした。が、ここしばらく、バーやレストランでデートするカップルを見ても、そんなことをしている人は、いなかった。

それは、二〇一一年から続く節電ムーブメントで、冷房をさほど効かせない店が増えたから、ではありません。もっと前から、「男のジャケットを女が」という光景は見ていなかった。

何故なのかしらん、と考えてみますと、「女が寒がりでなくなった」という理由が

一つ、あるように思います。昨今の若い女性は、特にデートの時など、真冬でも室内ではノースリーブ姿で平然としている。テレビを見ていても、男性はジャケットを着ているのに、女子アナや女性タレントは、その横でミニスカ＆ノースリーブだったりして、男女の衣服差が著しい。

「昭和の女は、もっと寒がりだったものじゃ……」

と、それを見て私は思う、と。

女が寒がりでなくなった理由は、「季節を問わず肌を露出していないと、男性をキャッチすることができなくなったから」というものかと思われます。草食化が叫ばれて久しい今、デートの段階から女性はできるだけ露出度をアップしないと、男性にはエンジンがかからない。

「さむーい」

などと言って厚着をしている場合ではないのです。どれほど寒くても、精神力で鳥肌を収束させなくては、異性とつがいになることができないのでは……？

そう考えてみると最近、「電車の中でいちゃいちゃするカップル」も、滅多に見なくなりました。昔は、「この発情を抑えきれない」という感じで、他の乗客が目のやり場に困るほど、電車内でいちゃつくカップルがよくいたものですが、今はめっきりそんなカップルがいなくなったではありませんか。

私は新宿駅をよく利用するのですが、週末の夜、ＪＲと私鉄の乗り換え口の辺りにおいて、以前は名残惜しそうに抱擁＆チューするカップルをしばしば見たものです。が、その姿も草食化の影響か、近年は激減しておりました。

しかしある週末の夜、かつての抱擁スポットを通りかかると、抱き合うカップルの姿があったのです。「あら、最近にしては珍しい。どんどん抱き合いなさいね」とエールを送りつつチラと見ると、そこには信じがたい光景が。女の子の方は、ひしと男の子に抱きついているのに対して、男の子は一応、女の子に手を回しながらも、片手でスマートフォンを操作しているではありませんか。

「これぞ、現代の縮図！」と、私は思ったことでした。たとえ抱擁しながらメールを打ってもゲームをしても、スマホは操作音がしませんから、女の子には気づかれまい。女は異性に対してがっついて、男は「別に……」という感じのその二人の姿は、大げさに言うならば日本の未来の姿を象徴しているようでもあった。

彼はスマホで、ＡＫＢを卒業したあっちゃんの画像でも見ていたのかも。昔は「好きな男の腕の中でも違う男の夢を見る、ん〜ん〜」と、ジュディ・オングさんが歌っていたものだったのになぁ。

昭和は遠くなりにけり。……と私は、新宿駅の雑踏の中で思っておりました。最近、久しぶりに映画に出演されたということで、高倉健さんのお姿をよくメディアで見るわけですが、八十歳を超えられた健さんが今もカリスマ的な人気を持つというのは、昭和の男に対する郷愁と憧れが今、募っているからではないか。

健さんは絶対に、女を抱擁しながらスマホを見たりはしなそうなのです。健さんといえば、「不器用ですから」なわけで、抱擁する時はただひたすら、愚直に抱擁しているのではないか。ゴルゴ13のように、抱擁しながらも刺客《しかく》の気配は察するとか、そういったこともしなそう。

とはいえ「不器用ですから」は健さんのイメージ像であり、健さんご本人が本当に不器用かどうかは定かではありません。しかし昭和の男、それもバブル期以前の不器用な男像を、健さんは象徴し続けているのです。

そんな不器用な健さんには、スマホを所持してほしくないなぁと思う私。タッチパネルを素早くさすって多くの情報から遅れまいとする行為は、健さんにはしてほしくない。ツイッターでつぶやいてほしくもないし、フェイスブックで友達を増やしてほしくもないのです。

とはいえ、それもやはり、イメージ上の健さんのお話。健さんは、きっと好奇心も旺盛だからこそ、あれだけの若さを保っておられるのでしょう。してみると、案外スマホなども初期から導入していて、わからないことがあったらすばやく検索などしているのかも。

健さんとスマホ。……その姿を想像すると少し寂しくはなるのですが、しかし既に、昭和が終ってから四半世紀近く経とうとしていることですし、そんなこともあっておかしくないのかも。「不器用な男」にも操作できるスマホというのも、うけるかもしれませんね。

〈追記〉健さんはその後、二〇一四年に逝去。パートナーの女性がいたことが報じられた健さん、案外器用だったのかも……。

大人の祭と大人の恋

「ビッグコミックオリジナル」の新聞広告が、『黄昏《たそがれ》流星群』を前面に押し出した作りになっていました。メインコピーは、

「最近、恋をした。」

というもの。

「何十年ぶりだろう、こんなときめき。メールの返信を待つ時間。いっしょに食事をする時間。あの人のことを考える時間。すべての時間がバラ色に染まっていく。それは、人生の黄昏時に、パッと燃え上がる打ち上げ花火。」

というサブコピーが添えられています。

弘兼憲史《ひろかねけんし》さんの漫画『黄昏流星群』は、中高年の、まさに打ち上げ花火のような恋を描く連載です。たまに読むと、私も「わかるわぁ」と思うようになってきました。

「中高年も恋をする」というのは、とはいえ今になってわかった事実ではありません。八〇年代には、デ・ニーロとメリル・ストリープの「恋におちて」、九〇年代に

は「マディソン郡の橋」といった中年恋愛映画がヒットし、中高年もときめくという現実を世に知らしめました。

若者は、中年の恋について冷淡であり、

「えーっ、四十代もセックスとかするわけ？　気持ち悪い！」

といった残酷なことを言いがちです。思い起こせば私も、そんな若者の一人だったものです。

中高年も恋愛とかセックスをするのだ、ということに気がついた瞬間のことを、私は先日、久しぶりに思い出しました。それというのも、越中八尾《えっちゅうやつお》のお祭「おわら風の盆」に行く機会があったから。

おわら風の盆は、今や大変に人気のあるお祭です。さほど大きくない町に観光客がどっと押し寄せるため、開催中は一切の車両が町の中に入ることを禁止されるほど。大手旅行会社は、会社で貸し切りの日を、本来の開催日とは別につくってもらっているというではありませんか。

なぜこれほど人気の祭になったかというと、きっかけの一つとなったのが、髙橋治氏の小説『風の盆恋歌』なのです。

私は、この小説を初めて読んだ時のことを、はっきりと覚えています。あれは私が

新入社員だった頃、会社の上司に、

「この本、すごくいいよ。読んでみなよ」

と渡されたからなのでした。

読んでみると、それは五十代男女のラブストーリーでした。若い頃、憎からず思い合っていた二人が、互いに家庭を持った後に愛し合うようになり、風の盆の時にだけ忍び逢う……といったお話。

私はこの本を読んで、「風の盆というのは、素敵なお祭であるな」と思うと同時に、「五十になっても恋愛ってするの！」と驚いたのです。今思うと、その時に本を貸してくれた上司は、当時四十代後半。中年のせつない恋愛ストーリーがグッとくるお年頃だったのでしょう。が、私は若すぎて、その二人の恋物語に感情移入することは、できなかった。

そしてこの度、私は初めて風の盆を見物することになりました。どんなに素敵なお祭なのか、期待は高まります。

八尾は、確かに小さな町でした。町に入っていくと、さっそく人だかりがあり、踊りを踊る人達が。笠で顔を隠して踊る男女が色っぽく、胡弓《こきゅう》と三味線《しゃみせん》の音色は、哀愁たっぷり。

風の盆は、中高年が活躍する祭ではないのです。むしろ厳しい年齢制限があって、踊り手は、二十五歳までの未婚の男女に限られているらしい。しかし、ワッショイ系の勢いがある祭ではなく、踊り手も地方《じかた》さんもグッと抑えて静かに町を練り歩くところが、中高年にウケるのです。

風の盆に行くにあたり、私はもう一度『風の盆恋歌』を読み直してみました。私もかつての上司の年齢に近づいてきて、この物語の本当の魅力がわかるようになったのではないか、と。

読み返してみると、正直に言って私はちょっと、テレてしまいました。性描写などが少し昔風で、「こういう言い方は……、今は無いわな」と思わせる。さらに男性は女性に対して理想を持っていますので、祭の美しさと哀愁とに合わせて、女性の姿もうんと美化され、こそばゆい感じ。SNSなどを駆使し、ちゃっちゃと大人の恋愛を進める昨今の中年の世界からすると、だいぶクラシックなのです。

しかし奥付を見ると、この小説は今に至るまで着々と版を重ねているのでした。大人の祭と大人の恋、双方に憧れる人の多さを思わせます。

肝心のお祭はというと、大変素敵なものでした。が、やはりいかんせん人が多い。大人ばかりなのかと思いきや、露店も何も出ていないのに、若者や小さい子供連れの姿も多いではありませんか。

最近は、「祭」という行事そのものが流行っているように思えます。震災のせいかもしれませんが、人が人と集って、騒いだり踊ったり、何かを寿《ことほ》いだりしたいという欲求が高まっている気がしてならない。

祭は昔から、若者達にとって異性との出会いの場でありました。祭の晩は、普段の範を外れた大胆な行為も、許されたのです。

しかし今となっては、中高年にこそ、その手の場所は必要とされているのかも。有名になりすぎた風の盆に代わる静かなお祭がどこかにあったならば、出会いを求めてひっそりと通う大人達が、けっこういるのではないかという気がするのです。

お父さんへの「武士の情け」

年下の女友達が、

「この前、ショックなことがあったんですよ」

と、やけにしんみりした顔をしていました。何でも、彼女のお父さんは最近定年退職となり、家で過ごすことが多くなったのだそう。

「そうしたら、初期の癌《がん》が見つかりまして、手術をすることになったんです」

と、彼女は言いました。

しかし、「ショックなこと」とは、癌のことではないらしい。

「ごく初期だったので、手術さえすればほぼ大丈夫、とは言われていて。とはいえ私は心配で、入院の前の日は、父にお守りを渡すために実家に戻ったんですね」

とのこと。ふむふむ、優しい娘じゃないの。

「母は、『お父さん、最近は自分の部屋でパソコンばっかり見てるの。きっと病気のことを調べてるのね』と同情していまして。私が行った時も、父は部屋にこもっていたので、お守りを持ってドアを開けたら……、なんと父がパソコンで、エロサイトを見てたんですよ!!」

というこことではありませんか。大変申し訳ないけれど、思わず私は爆笑。

「それだけじゃないんです。明らかにそれは女子高生モノでした！　家族がみんな心配してるのに、本人は六十過ぎて女子高生エロサイトかと思うと、もう情けなくて」

と、彼女はため息をつく。

とはいえ、そこはもう大人の娘。

「ここは武士の情けを出さなくては、と思ってエロサイトには気がつかないふりをして、お守りを渡しましたけどね……。父が見ていたのは癌情報じゃなくてエロサイトだったなんて、母には口が裂けても言えません」

ということなのですが、「武士の情け」という言葉がこれほど適切に使用される現場が、今どき他にありましょうか。

全てのパソコン所持者は、エロサイトを見る。これは、自明の事実です。しかしやはり肉親の、それも娘が父親のエロサイト接触を目視してしまうのは、ショックなことらしい。私は、「一人一パソコン」時代の前に父が他界したことに、ちょっと感謝しました。

笑いがおさまらない私が、

「でも許してあげて！　あなただってエロサイト、見るでしょうよ？」

と問えば、

「はい、見ます。でも父が、それも入院前夜にっていうのは……」

と、まだ憤懣《ふんまん》やるかたない様子。

嗚呼、パソコン。誰にでもエロ情報をふんだんに提供してしまう、この罪な道具。今や男女も年齢も関係なく、エロサイトは平等にもたらされているのです。

しかしたとえ家族に対してであっても、というか家族に対しては絶対に、「エロサイトなど見ていません」という態度を貫き通すのが、共に住む者としての礼儀です。

誰しも、配偶者なり子供なり親なりがエロサイトを見ていることに気づいて、「あっ」とか「ガーン！」とか思った経験はあると思いますが、それはエロサイトを見る側の思いやり不足というものでしょう。

そして発見してしまった側に必要なものは、やはり武士の情けなのです。小学生のエロサイト接触はさすがに問題があろうかと思いますが、中学生になったら、武士の情けを発揮してやりたいような気が、私はする。我々だって中学時代は、空き地に落ちている雨でガビガビになったエロマンガを、必死にめくったものなのですし。

お父さんエロサイト事件にショックを受けていた彼女に対するアドバイスは、ですからただ一つ。

「お父さんのパソコンの向き、もしくは机の向きを変えてあげて！　そして、誰かが急に部屋に入ってきても、何をパソコンで見ているのか、すぐにはわからないようにしてあげて！」

というものなのでした。「見ぬもの清し」と言うように、家族にバレさえしなければ、エロサイトなど見ていないのと同じなのですから。

エロに対する興味の取り扱いというのは本当に難しいものだと、こんな時に痛感するものです。「いくつになっても人はエロい」ということは周知の事実なのに、いざそのエロさが他人に露見してしまうと、変態扱いされかねません。

昨今、盗撮事件が多発していますが、ああいった事件もまた、その種の事例でしょう。女性のスカートの中がどうなっているかは、おそらく多くの男性にとって、興味がそそられることなのだと思います。が、本当に、「どうなっているのかなー」という興味を満たすために盗撮し、それがバレてしまうと、エロサイト接触どころではない大騒ぎになってしまう。

某大企業の元社長が、盗撮で逮捕された後、

「盗撮に興味があった」

と供述したという話ですが、さすが大企業の元トップだけあって、簡潔にして要を得た発言。きっと多くの男性が「わかるよ」と心の中でつぶやいたのではないか。

しかし、やはり社会のルールとして、エロへの興味はクローズドな場所でしか解放してはいけないのです。盗撮でつかまる人に堅い仕事の男性が多いような気がするのは、堅い仕事であるが故にストレスがたまってしまうのか、それとも真面目であるが故に稚拙な手をつかってしまうからなのか……。

件の彼女のお父さんの手術は、幸い成功したそうです。お父さんが退院する前に、机の向きを変えておいてほしいものよ、とかえすがえすも願っている私。エロ欲求がパソコン内だけでとどまっているのであれば、まだ安心というものでしょう。

字ギレイ顔の女

中華料理と卓球を習っている私。少し前まではお習字も習っており、考えてみたら全て中国と関連の深いお稽古ごとばかり。そんなわけで、昨今の中国と日本の不仲を憂うものであります。

特にお習字においては、日本の文字である仮名より、漢字を書くことが好きだったのであり、何か中国とのご縁を感じることが多いのでした。

お習字を習っていたのなら字がきれいなのだろう、とよく言われるのですが、字には全く自信がありません。「筆で字を書く」というただそのことが楽しくてお稽古を続けていたのであり、ペンで字を書くにはまた別種の技術が必要なようなのです。

しかし最近、「この年になって字があまりにも下手というのも、どうなのか」と思う機会が増えてきました。通信手段としてメールを使用することが増えた分、たまに誰かの手書き文字を見ると「へぇ、こんな字を書くんだ」とかえって新鮮に思うわけで、その時にどのような文字が書いてあるかで、印象は左右される。

たとえば字は、世代を表します。私の年代の女性であれば、我々が中学生の頃に流行った、丸文字っぽい文字を書く人が多いのです。今となっては、その手の丸文字系の書体はいかにも古いのですが、一度身についた書体はずっと続くらしく、かえって中年感が文字から滲み出ます。同じように、それぞれの世代の「流行り文字」を大人になってからも書いている人は、意外と多い。

いい大人なのにあまりにも乱暴な字とか、変な癖がある字も、「どうなのか」と思うものです。普段は態度の大きな男性が、実は柳のように細く頼りない字を書いていたりすると、「実は気の小さい人なのでは」と思いますし、美しい女性がガサツな字を書くと、「実は汚部屋《オベヤ》住まい?」などと思う、と。

手書き文字を書く機会が少なくなった今であるからこそ、「字がきれい」ということは、特技となります。たとえば、とある出版社では、私が知る限りにおいては社員の方が皆、字がきれいなのです。その美しい字を見ているだけでも気持ちがいいし、「きっとちゃんとした人に違いない」という感じもします。

出版社という文字を扱う仕事をする会社において、新入社員を選ぶ時に、字がきれいな人というのは、やはり得なのです。その社では絶対、書き文字がきれいかどうかを、選考基準にいれているのではないか。

字がきれいな人には、ある種の特徴がある気もします。女性ならば、色白で黒髪、顔立ちははっきりしすぎず、涼しげ。女優で言うなら檀《だん》ふみさんのような感じで、あまりお色気ムンムンではない（檀さん申し訳ありません）タイプ。私はこのタイプを「字ギレイ顔」と呼んでいますが、字ギレイ顔の人が書く美しい文字からは、やはり清潔感が溢れるのです。

美しい文字を書く人を見ると、私は「この人は絶対に、賢くて良い人に違いない」と思います。美しい声の人にも同じことを思うのですが、そこには知性と善良さが見えるように思うから。

しかし、そんな私の「美しい文字信仰」を崩したのは、あの木嶋佳苗被告でした。ある日、木嶋被告が書いた手紙が新聞に載っていたのですが、この字が、ものすごくきれいではありませんか。水茎《みずくき》の跡も麗しいとはこのこと、という流麗さ。「あの人、こんなにきれいな字を書くの！」と、私は腰を抜かしそうになったのです。

字がきれいな人＝善、という私の信仰は、そこで崩されました。さらに言うなら、字がきれいな人＝美、という確信もまた、見事に崩されたのです。キジカナはどう見ても、私が思い描く「字ギレイ顔」ではないのであり、どんな人でも、意志もしくは才能があれば、美しい字を書くことはできるということを、その手紙は教えてくれました。

そういえば、とそこで思ったのは、将棋や囲碁の棋士の揮毫《きごう》入り扇子《せんす》のことでした。以前、ある有名なタイトルホルダーの棋士の揮毫入り扇子をいただいたことがあるのですが、扇子を開いてみたところ、書いてある字が、びっくりするほど下手ではありませんか。それも味がある下手さではなく、単に稚拙なのです。

しかしその棋士は、今をときめく実力の持ち主なのであり、その実力と、扇子の文字の情けなさとが、全く釣り合っていなかった。

気になって他の棋士達の扇子も見てみたら、四十代以下の棋士達の字はほとんど、「あらーっ」という感じ。「実力と文字の上手下手って、関係無いものなのね」と思ったことでした。

今時は、棋士達もパソコン上で研究をするのだと言いますから、字など書く機会はほとんど無いのでしょう。駒や碁石ばかりを持っていた人に、いきなり筆を持って上手な字を書けという方が、無理というものです。

そういった事例を見ていると、文字のきれいさと、その人の人格や能力は必ずしも比例するものではないことがわかるのです。字はあくまで手段であり、相手に意思が伝わりさえすればいいのだ、と。

そんな時代であったからこそ、木嶋被告は「字がきれいである」ということで、人を騙すことができたのかもしれません。きれいな字を見ると、「この人はきっと良い人に違いない」と思いがちな私も、「字ギレイ詐欺」に、気をつけた方がいいような気がしてきましたよ……。

撮り鉄と盗撮

新装オープンした東京駅が話題の昨今ですが、そんな中で私は、鉄道好きの知人に誘われて、横浜の「原《はら》鉄道模型博物館」に行って参りました。

といっても、「それ何?」と思う方がほとんどでしょう。ここは二〇一二年七月にオープンした、文字通り鉄道模型の博物館。原さんという鉄道ファンのコレクションを展示してあるのだ、という新聞記事を読んだ記憶があります。

さほど期待せずに、私はそこへ向かったのです。鉄道に乗ることは好きだけれど模型には興味が無いし、誰かのコレクションということは、ほとんど個人博物館のようなものなのではないか、と。

しかし到着してみて、私はびっくりしました。みなとみらい地区の立派なビルの中に、ものすごく立派な施設が。我々は、雨の平日の閉館間際に行ったので割と空いていましたが、普段は行列もできる様子です。

入ってみると、模型が思いのほか格好いい。同時に、このコレクションを収集した原信太郎《のぶたろう》さんという方の人生がまた、興味深いのです。

原さんは、一九一九年生れ。今も九十歳を超えてお元気なのだそうですが、裕福な家に生れ、幼稚舎から慶応に進んだお坊ちゃまです。世の鉄道ファン男性達と同様、物心ついた頃から鉄道が好きで、八歳の時には、浅草〜上野間の地下鉄に一番乗り。十一歳の時には、超特急「燕」に乗って関西一人旅へ。当時、新入社員の初任給が七十円だったというのに、七十五円もかけた旅だったというのは、さすがお坊ちゃまと言えましょう。

十三歳で鉄道模型を自作し、十八歳では自らの鉄道模型群を「シャングリ・ラ鉄道」としてオープン……と、エリート鉄道ファンとしての人生を突き進んでいる。やっぱり鉄道ファンの窮極の夢は、自らの理想の王国を持つことなのだなぁと、「シャングリ・ラ鉄道」についての展示を見て、思います。

鉄道模型を趣味にする人というのは、「王国」への憧れが特に強いような気がします。鉄道に「乗る」ことは、鉄道ダイヤに従ってどこかに連れていかれるという、いわば受け身の行為。対して模型を走らせるということは、自らが鉄道のシステムごと所有し、自らの意志で動かすことができるわけで、自分が鉄道に対して能動的になることができるのです。最近は女性の鉄道ファンも増えたと言いますが、模型の世界はまだまだ男性色が濃厚なのは、このようなことも関係するのかも。

十八歳にして王国を持った原さんは、職業としては鉄道を選ばず、メーカーの会社員となって、その企業の相談役まで勤め上げたのだそうです。が、傍らでは模型趣味のみならず、世界中の鉄道に乗って写真や映像におさめ、そんなことをしているから世界のあちこちで警察に連行されたりもし、自分の子供にはトマス・クック社の時刻表を与え……という徹底ぶり。

目を奪われたのは、模型が実際に走っている大きな（世界最大級らしい）レイアウトでした。日本では、Nゲージという線路幅の狭い模型が主流だそうですが（住宅事情も関連するのでしょうね）、原コレクションはグッと線路幅が広い、ということは模型も大きい一番ゲージがメイン。ですから、模型が走る音も本格的ですし、迫力がある。細部まで再現されていて、リアルこの上ありません。

私が行った時は、ちょうど「フォトウィーク」として、レイアウトの撮影ができる週間でした。「撮影場所は譲り合いましょう」と書いてあるところを見ると、さぞや普段は押し合いへし合い……。

周囲を見回すと、いかにもそれ風の男性達が、熱心に写真を撮っています。その姿は、嬉しくてしょうがない、という感じ。

しかし私は、そんな彼等を見つつ「どこが面白いのだろう?」と思っていたのでした。だってこれ、模型でしょう?　と。

実は私、本物の鉄道の写真を撮るのが好きでたまらない「撮り鉄」と言われる人達の心理も、よくわからないのです。鉄道の写真など世にたくさんあるわけで、別に自分で撮らずとも、既にある写真を眺めていればいいんじゃないの、と。プロが撮った写真の方が、よっぽど上手なのだし。

思いのほか博物館を楽しんだ後、野毛の中華で餃子を食べつつ私達は、その点について議論を深めました。鉄道好きとそうでもない人とが混在する中で出た意見は、

「たとえは悪いが、それは盗撮好きの人の心理と似ているのではないか」

というもの。昨今、日本は盗撮ブームであるわけですが、私はあの手のことをしたくなってしまう男性の心理も、よくわからないのです。わざわざ危険を冒して見ず知らずの女性のスカートの中を盗撮しなくとも、世の中にはその手の画像・映像はたくさんあるし、もっとエロいものも手軽に見ることができるのになぜ、と。

しかし彼等にとっては、被写体を自分で選び、自分の手によって自分だけのアングルで撮影することが重要なのでしょう。「自分だけ」の写真を撮った時、彼等は被写体を所有したと思うことができるのではないか。

男性は相手を所有したがる生き物で、女性は相手と関係を築きたがる生き物なのだそうですが、鉄道に対しても、同じことが言えるのかも。私が、ただ鉄道に乗っているだけで満足するのも、鉄道と「関係」する感覚が得られるからなのかもしれないなあと、原コレクションは教えてくれたのです。

〈追記〉原信太郎さんは二〇一四年に逝去された。

「みんな同じ」が、みんな好き？

元格闘家の須藤元気さん率いる、ワールドオーダーが、話題になっておりますね。二〇一一年あたりはネットでしか見ることができませんでしたが、今はコマーシャルにも登場している。

二〇一一年のある時、YouTubeで「集団行動」系の映像を見ていた時、「他にもこんな関連映像がありますよ」のラインナップにワールドオーダーのものがアップされていて、「何これ？」と見てみたのが、彼等と私の最初の出会い。

その出会いは、衝撃的なものでした。何の先入観も期待も持っていなかったところに、ものすごく独自で、質の高いダンスの映像が。須藤元気さんというと、現役時代に派手な入場パフォーマンスをしていたのは知っていたけれど、いつの間にこんなになっていたの！　と驚いたのです。

それも単なるダンスではなく、ユーモアと批評性と自己韜晦《とうかい》のようなものも読み取ることができるそのクリエイティビティの高さに感動し、しばらくは彼等の映像には

まって、会う人毎《ごと》に、
「知ってる？」
と伝道したものでしたっけ。二〇一二年は念願のライブにも行けて、楽しかったな……。

YouTubeでワールドオーダーにつながった「集団行動」もまた、すごいのです。有名なのは、昨今テレビでも紹介されている、日体大の体育研究発表実演会において披露されるもの。学生達が、一糸乱れぬ行進でフォーメーションを次々と変化させていく様は、圧巻です。緊張感にユーモアも混じり、これまた感動的なパフォーマンスなのです。

思い起こせば私は、昔からこの手の集団行動を見るのが大好きでした。学校などで団体行動をするのは苦手だけれど、運動会の行進や組体操には夢中になった。北朝鮮のマスゲームを見てもぞくぞくしましたし、訓練された集団行動を生で見たいあまり、自衛隊の観閲式に行ったり、自衛隊音楽まつり（っていうのがあるんですねー）に行ったりしたものです。

集団行動のみならず、私は制服を着た人々も大好きで、つまりは「みんな同じ」という状態を見るのが好きであるわけですが、何故なのかと考えても、うまく説明がつきません。人生において一回も制服を着たことがないので、「みんな同じ」という状態に憧れがあるのかも。

「みんな同じ」状態を見ている時、私の中には、ある原始的な快感が湧きあがります。渡り鳥の大群が一斉に向きを変えるのを見る時のように、「すごい！」と我を忘れることができるのです。

世の中には、「みんな同じ」という状態を嫌悪する人がいるのも、存じております。人間、それぞれ違った存在なのに、画一化するなんて不自然、というのはもっともな考え方。

しかし、本来ばらばらな人間に、無理に同じ行動をさせるその強制感によって生まれる人工的な美こそが、私は好きなのかも。ＳＭ行為において、緊縛される人を見るのが好きな人が多いのも、そこに強制の美があるからではないか。

日体大のものから小学生のものまで、集団行動にスポットを当てた特番が放送されるなど、今、集団行動はちょっとしたブームになっています。が、考えてみると我々日本人は昔から、「みんな同じ」の集団行動好き。そろいの服を着て、力を合わせて全員で何かをやり遂げて泣く、というパターンは、少し前に流行ったよさこいソーランも同じでしたし、今まで様々な物語にもなってきました。

今になってまた、その手の行為に注目が集まるのは、人々の「強制されたい」という欲求のあらわれかもしれません。日本では敗戦の反省をもとに、「国民に何かを強制しては駄目」という考えが貫かれてきました。我々はその恩恵をこうむり、今まで自由に生きてきたのです。近年は、「みんなちがって、みんないい」とか「世界に一つだけの花」的スローガンが流行ったり、ゆとり教育が行われたりと、その自由度はますますアップ。

しかし、「やっぱりゆとり教育、やめます」という辺りから、強制への欲求が、強まってきたのではないでしょうか。「自由って案外、面倒臭いものだった。誰かにやるべきことを強制された方が、自分で責任をとらなくていい分、ずっと楽！」と。

集団行動の中に身を投じるのは大変だけれど、創造性や自主性を一切発揮しなくていいという楽さが、確かにあります。言われた通りに一生懸命に何かをすれば、成功しても失敗しても、最後には「よくやった、自分達」と、うっとり泣くことができるのです。

しかし集団行動は、そういった「仲間感」に簡単に陶酔できる麻薬性を持つ分、他が見えなくなるという危険性も孕《はら》みます。今の集団行動ブームは、領土問題で摩擦が絶えない隣国に対する、民衆レベルの危機感のあらわれという感じも、しなくもない。

ワールドオーダーは、韓国のアシアナ航空のプロモーション映像を作っているのですが、こちらでは彼等（全員スーツがトレードマーク）が韓国へ行ってビジネスをするというストーリー。皆で力を合わせて仲良くすれば、友好の輪は広がる、というメッセージが、そこにはあるのかも。

「みんな同じ」という状態にうっとりした後で、他集団と仲良くするか、排他性を強めて他集団といがみ合うか。集団行動は諸刃の剣という感じがして、そのギリギリ感がまた魅力なのだろうなぁとも、思うのでした。

寅さんの罪

京都で仕事があったので、滞在を延ばして、週末を過ごしてきました。秋とはいえ、昨今の京都は十二月が近くならないと紅葉も見頃ではありません。山々はまだ、青々としておりました。

そんな中、南座では「山田洋次の軌跡」という催し物が開催中でした。山田監督は、監督生活五十年を迎えられたのだそう。「山田監督全作品を、大きな劇場空間で味わう最後のフィルム上映イベント」ということなのです。

寅さん好きの私は、「南座で寅さんが見られるとは」と、早速足を運んでみました。連日、午前と午後一本ずつ山田作品を上映するのですが、そのうち一本が寅さん。私が行った時は「男はつらいよ41　寅次郎心の旅路」でした。

普段は歌舞伎などが上演されている大きな劇場で寅さんが見られるとは、滅多にある機会ではありません。南座は、クラシックな造りがいかにも京都という感じ。観客の皆さんはほとんどが中高年、それも高年寄りの方々です。人生花盛りの頃、折に触れて寅さんを見てきたのでしょう。

「最後のフィルム上映」も、この催しの見所です。デジタル化が進めば、フィルムは無用となるわけで、フィルムがまわるカタカタという音とともに映画を楽しみましょう、という趣向なのです。

「寅次郎心の旅路」のヒロインは、竹下景子さん。舞台はなんとウィーン。ウィーンと湯布院を聞き間違えたりした結果行ったウィーンにてヒロインと出会う寅さんなのですが、しかし淡い恋は破れる……というもの。

平成元年の作品ではありますが、しかし上演中、南座の中の空気は、完全に昭和でした。観客のおじいさんやおばあさんは、まるで家でテレビを見ているかのように、

「さくらちゃん、可愛いねぇ」

とか、

「ほーら、御前様や」

などと、感想をそのまま口に出します。普通の映画やお芝居の時なら「うるさいなぁ」と思うかもしれませんが、寅さんだと「本当ですねぇ」と、返事をしたくなる。フィルムがまわる音を聞いていると、私もその昔、今はもう無い地元の映画館で父と一緒に寅さんを見たことが思い出されました。

映画が終れば、どこからともなく拍手が湧いてきます。映画の後に拍手をするのは、いつ以来のことでしょうか。

寅さん@南座、がとても楽しかったので、私は翌日も、地元の友達などとともに観に来てしまいました。この日の作品は「男はつらいよ29 寅次郎あじさいの恋」。この作品の舞台は京都です。河井寛次郎を思わせる偉い陶芸家として、先代の片岡仁左衛門が登場し（格好いい！）、ヒロインはいしだあゆみさん。もちろん、その恋は実らずに終ります。

映画の後、我々は祇園の中華料理屋さんへと場を移し、感想戦となりました。そこで女性達から出た意見は、

「いしだあゆみ、可哀想」

というもの。いしだあゆみさん演じるヒロイン・かがりは、先代仁左衛門演じる陶芸家の元で働いていて寅さんと知り合い、二人の間にほのかな恋心が芽生《めば》えるのです。寅さんは、かがりの故郷である丹後にも行き、いい雰囲気に。

やがてかがりは東京に来た時、寅さんを鎌倉でのデートに誘います。しかしデートの日、寅さんは緊張のあまり一人で行くことができず、さくらの息子である満男（吉岡秀隆。まだ子供）を連れていってしまうのです。

当然、子連れデートではどうにも盛り上がりません。デートが終った後、かがりは「予定を早めて、帰ることにした」と、とらやに電話。最終の新幹線で東京を離れてしまったのです。

今回もまた寅さんがふられてしまった、と見ることはできますが、しかしかがりの立場からしてみたら、自分から誘ったデートに寅さんが満男を連れてきた時点で、「拒否された」と感じたことでしょう。

寅さんの女性に対する過剰なシャイさは、このようにかなりの頻度でヒロイン女性を傷つけていたのではないでしょうか。周囲は、

「寅さんまたふられちまったよ、可哀想に」

と寅さんに同情しますが、本当に可哀想なのは、気持ちを伝えているのに寅さんに「テレ性」を理由に拒否される、女性の方だったのではないか。

無論、寅さんが女性に対して積極的なタイプであったら、話はすぐに終ってしまうのです。もしくは、『俺の空』とか『ダミー・オスカー』のような、ジゴロ漫遊記になってしまっていた。万人受けする物語が長く続いたのは、寅さんが奥手であったからこそでしょう。

とはいえ、ねぇ……。と、大人の私達は思いました。テレ屋すぎて身をかためられ

ず、

「しょうがないねぇ、寅さんは」

と言われる寅さんの陰には、多くの傷ついた女性がいる。寅さんは、すぐ次の旅先に出かけてカラッとテキ屋商売に精を出しているけれど、女性に残った傷はなかなか癒えないのではないか。

寅さんは憎めない人ではありますが、テレ屋を言い訳にして、自分から何もしない男性に対する女性の恨みは、意外と深いのです。観客達は、寅さんが抱く男のつらさ、悲しみには思いを馳せても、ヒロインのそれには気づかないのではないか。

……等と話しながら、祇園の夜は更ける。憎めないけど罪な男はもういないけれど、時代によってそして年代によって、寅さんへの感想は、変わってゆくのでしょう。

就職準備は小学生から？

近くの小学校での、面白い授業に参加する機会がありました。それは、六年生向けの「職業ＥＸＰＯ」というもの。総合的な学習の時間の一環として、自分達の将来を見つめるべく、様々な職業につく人達を学校に呼んで話を聞くという集いです。

まずは六年生達にアンケートをとって、人気がある十五種類の職業が選ばれたのだそう。今年は、物書きになりたいという子供もいたらしく、近所に住む私にも、講師役としてお声がかかりました。

当日集まったのは、多彩な職業の方々。制服姿の方は、パッと見てそれとわかります。近くの駅の駅長さんは、制帽姿も凛々《りり》しいし、白いコックコート姿はパティシエさん。そして一際《ひときわ》身長が高い方のユニフォームを見れば、それは東京ヤクルトスワローズのもの。往年の名投手の方が、いらしていたのです。

皆さんの顔ぶれを見ていると、今時の子供達の将来の夢がどんなものか、理解できるのでした。スポーツ界からは、ＦＣ東京の選手だった方も。地元の獣医さん、幼稚園の先生、漫画家さん、歯医者さん、パン屋さんもいらしています。そしてお一人、ひときわ柔らかめな雰囲気の男性は、有名芸能プロダクションの方。アイドルなどに憧れる子も、やはり多いとのこと。

体育館に移動し、六年生達と対面しました。特にプロ野球選手など、憧れの職業の人を見る子供達の表情は、可愛いったらありません。目も口も大きく開いて、ほとんど思考停止状態なのです。

挨拶の後、占い師のブースのようなところにそれぞれの講師が移動。児童達のグループが、興味を持っている職業の人のところに行って、質問をするのです。

私のところにも、子供達がやってきました。

「どうやってエッセイストになったのですか？」

「仕事で大変なことは何ですか？」

といった質問に、答えていきます。私は質問に答えつつ、ちょびっと「上手な作文の書き方」もサービスで伝授。

たまたま、私の友人がその小学校に子供を通わせており、

「ちょっとォ、子供達に変な事を教えないでよ！」

と釘を刺されていたのですが、その友人も後ろの方で、ニヤニヤしながら腕を組ん

でこちらを見ているので、ちょっと緊張……。

しかし今時の六年生というと、大人びて生意気な子もいるのかと思っていましたが、どの子も素直です。日本の大人はよく、アジアの貧しい国などに行って、「こちらの子供は日本の子と違って、目がキラキラ輝いている」などと言いますが、日本の子供の目もじゅうぶん、輝いておりました。

ある子からは、

「六年生の時は、将来何になりたかったですか？」

とも聞かれた私。そういえば、何になりたかったのか……と考えてみると、さしたる目標は持っていなかったのです。卒業文集の「将来の夢」のところには「インテリアデザイナー」と書いてありますが、それは何か書かなくてはいけなかったので無理矢理書いただけ。将来のことなど、何も考えていませんでした。

対して今の子供達は、このような授業もあって、小学生の頃から将来のことを考え始めているのです。それどころかもっと小さな頃から、キッザニアで遊びつつ、職業観を養っているのでしょう。

中学生になったら、職場体験をさせる学校も多いそうで、職業教育は昔よりうんと熱心に行われているようです。それというのも、「ぼーっとしていては就職などできない」という現状が関係しているに違いありません。

三グループの子供達との対話は、一時間ほどで終了し、その後、我々は校長室にて給食をいただきました。メニューは、キムチチャーハン、中華スープ、杏仁豆腐《あんにんどうふ》、瓶の牛乳。瓶の牛乳は懐かしいのですが、食事の器は陶器で、チープ感は全くなし。往年の名投手は、

「我々の時代は脱脂粉乳で……」

といったことを語っておられ、それぞれの世代の給食談義に花が咲きました。

とても楽しい体験をさせていただいたのですが、給食で満腹になった後、ぶらぶらと歩いて帰りつつ、私は「今の子も大変だ……」と思っていたのでした。今日のような授業はとても面白いけれど、あんな小さいうちから仕事について考えなくてはならないとはねぇ、とも思う。

私の時代は、小学生時代はおろか、高校生や大学生になっても、何の仕事をするか真剣に考えている人は、多くなかったのです。皆、「適当に就職して……」くらいの感覚だった。

今、高校生の子供を持つ知人は、

「今の子は、就職活動の大変さを嫌というほど聞いているし、子供の頃から仕事のこ

とを意識しているから、『やりたいことがみつからなかったらどうしよう』とか『就職できなかったらどうしよう』って、すごいプレッシャーを感じているみたい」と言っていました。今の若い子はあまり遊ばないと言いますが、将来への不安が募るあまり、遊ぶどころではないのかも。

結婚とか就職とか、昔なら「皆、当たり前にできたこと」が、当たり前にはできなくなってきた今、人は子供の頃から様々なことを準備しなくてはならないのでしょう。それはそれで楽しそうな、でも大変そうな、そしてちょっと申し訳ないような、複雑な気分なのです。

含羞なき親孝行

テレビを見ていて、ドキッと、というかビクッとする一瞬がありました。それは、小田急電鉄のコマーシャル。「ロマンスカーで温泉に行きましょう」ということを宣伝するものなのですが、美しい紅葉が見える露天風呂に浸かりながら、母親とおぼしき女性が、娘とおぼしき女性に、

「お父さんはね、私の恩人だったの」

と言うのです。娘はそれを聞き、

「えっ」

と驚いている。

そのシーンを見て、私の頭にはむくむくと淫猥《いんわい》な想像が広がりました。学校の先生とか職場の上司といった「恩人」と良からぬ関係に陥って、その結果生まれた不義の子があなたなのよ、という告白をいきなりお母さんが始めたのかと思ったから。

しかしどうやらそれは誤解だったらしく、単にお母さんは、夫とのなれそめを娘に

語ったものらしい。「大人になった母と娘が温泉に来ると、リラックスしてこんな打ち明け話も出てきますよ」ということを言いたかったのだと思います。

それはいいとして、さらに驚いたのは、コマーシャルの最後に、

「親を大切にしたい。ただ、それだけ。」

というナレーションが流れたことでした。何と申しましょうか、あまりにもあけすけな親孝行讃歌に、私は一人、頬を赤らめた……。

親孝行は、良い事です。そこに異論を挟むつもりはありません。しかし親孝行行為というのは、あくまで身内のこと。ちょっと恥ずかしそうに「しょうがないなぁ」という顔で行うのが、今までの親孝行セオリーではなかったか。

それを、「親を大切にしたい！　ただそれだけ！」と自慢気に言われると、何だか他所の夫婦の性行為を見せられているような、身の置き場に困る気分に。昨今、フェイスブックなどでも、自らの親孝行行為を堂々と開陳する人がいますが、あの手のものも、ちょっと恥ずかしい私なのです。

昨今の若者達は、親が大好きで、親子がとても仲が良いのだそうです。親と見れば反発していたのは昭和の時代の話なのだそうで、尊敬する人として「親」を挙げる人も、多いらしい。そんな気分がある上での、この親孝行コマーシャルなのだと思いま

す。

テレビに出てくる若者達が、自分の親のことを「父・母」と言わず、「お父さん・お母さん」と言うのも、「親を大切にしたい。ただそれだけ」な気分のあらわれかもしれません。親は大切→だから「さん」づけで呼ぶべき→「お父さん・お母さん」。……という思考回路となったのではないか。ま、もちろん謙譲語というものがこの世にあるのを知らない、という前提があってのことですが。

小田急のコマーシャルをさらによく見ると、その温泉旅行は母と娘のみならず、娘の夫（もしくはボーイフレンド）も一緒であることがわかります。温泉シーンの後は、旅館の部屋で、浴衣《ゆかた》に羽織姿の母と娘が、恩人云々の話の続きをしているのですが、そこには、

「いい話ですね」

などと言う、やはり浴衣姿の若い男も一緒にいるのです。

どうやらそれは、娘夫婦＋娘の母の三人旅。それも三人は、同じ部屋に宿泊している様子。

もちろん、そこには映っていないだけで、娘のお父さんも一緒に来ているのかもしれませんが、特に重要視されているのは「母と娘」という関係性です。

それを見て私は、また「親孝行シーンは変わった」と思ったのです。箱根というデスティネーションもそうですが、このコマーシャルは明らかに女性向け。女性に対して、

「親を大切にするのは楽しいですよね。それも実の親を」

と言っているのです。

これが、姑《しゅうとめ》と嫁の温泉旅行という状況であったら、コマーシャルにのんびり感は漂いません。実母と娘であるからこそ、気のおけないムードとなるのです。

さらにそこに娘の夫がいるということが、女系感を強めます。つまりそれは、サザエとフネ、そしてマスオが三人で温泉に来ているという状況なわけで、マスオからは濃厚な添え物感が漂う。

「実の親を大切にしよう！」というキャンペーンは、昔であったら考えられなかったのではないでしょうか。皇后美智子様は、天皇家に嫁入りした後は、長い間、両親と会えなかった、というより会わなかったのだと言います。温泉旅行など、もっての外《ほか》であったことでしょう。昔の「嫁」の皆さんは、一度結婚したら二度と実家の敷居をまたがぬ覚悟だったのです。

しかし今、そんな無理をする人はいなくなりました。「夫婦それぞれが、自分の親

を大切にすればいいんじゃない？」という合理的考えが広まっているのです。

夫の海外転勤が終って日本に戻った友人が、一時的に夫の実家に、姑と一緒に暮らすことになったのですが、彼女は、

「姑って、単に夫の母親であるというだけで、私にとっては赤の他人なわけよ。赤の他人のおばあさんと突然一緒に暮らすなんて、ありえないでしょう」

と、予定を早めてさっさと同居を切り上げていました。結婚相手の親とは義理の親子となるわけですが、「義理」と「実」の間には、大きな違いがあるのです。

親側もまた、実の子に孝行してもらった方がうんと気は楽。親孝行行為は個人単位でそれぞれの親を、という気運は、今後も高まっていくに違いありません。

ディスカバー八代亜紀Part2

二〇一二年、本欄にて「ディスカバー八代亜紀」という一文を書いた私。かねて八代亜紀さんのファンだったのですが、初めてそのコンサートを見に亀有《かめあり》のホールに行って感動した、という内容でした。

そしてこのたび、二度目の八代亜紀ライブへ。それも今回は、ただの八代亜紀ではありません。ブルーノート東京で行われる、一夜限りのジャズ・ライブなのです。チケットは即ソールドアウトとなったそうですが、私はe+《イープラス》の先行予約で運良く当選！

八代亜紀さんは、小学生の頃からお父さんが持っていたジャズアルバムを聴いていたのだそうです。十代で上京してクラブ歌手となってからもジャズを歌っていたのだそうで、ジャズは八代さんにとって、実は原点のようなジャンル。このたびは小西康《やす》陽《はる》さんプロデュースのジャズアルバムも出て、私は夜な夜なそれを聴き（「夜のアルバム」というタイトル）、うっとりしておりました。

当日、青山のブルーノート東京へ行くと、客席はお洒落な中高年でいっぱいでした。前回、亀有でのコンサートの時は、地元っぽい普段着のおじ（い）ちゃん・おば（あ）ちゃんが多かったのですが、今回はグッとシックな客層。「亜紀の初恋」という名の、甘いカクテルを飲んでいる人もいます。

亀有で亜紀さんは、ザ・演歌な派手なドレスを着ておられましたが、今回は大人っぽいシンプルな黒の衣装で登場しました。そして「サマータイム」を唄い出した刹那《せつな》、ゾクゾクッと鳥肌が立ちます。目の細かいサンドペーパーで丁寧に研磨したかのような高音、そして魅惑の低音。そんな声にとろけつつ、都会のジャジーな夜に身を沈める我々。

「フライ・ミー・トゥ・ザ・ムーン」、「枯葉」といった有名な曲も、そして「五木の子守唄」から「いそしぎ」に流れるという、プロデュース力が光る絶妙の構成も。亜紀さんの愛らしいおしゃべりを途中ではさみつつ、時間はあっという間に過ぎていきます。

そして「ジャニー・ギター」でいったん終った後のリクエスト曲で、客席はおおいに盛り上がりました。

「やっぱりこれを唄わなきゃネ」

と始まったのは、あの「舟唄」のジャズバージョンだったのです。リズムよく歌が

進み、最後におなじみの、

「沖のカモメぇぇぇ～に　深酒させてヨ～」

という部分を亜紀さんがアカペラで唄うと、もう客席が盛り上がるの何のって。客席には「舟唄」を知らない人は一人もおらず、大ヒット曲がいかに強く人々の心を摑むか、よくわかる。「しびれる」とはこのこと、と私の目頭はいつの間にか熱く……。にこやかに亜紀さんがステージを去っても、拍手はずっと鳴り止みません。

「伝説に立ち会ったって感じですよね！」

と、いつまでも興奮さめやらぬお客さんもいましたっけ。

ライブ中、亜紀さんは、

「ジャズと浪曲の中から生まれたのが、八代演歌なんです。だから私、リズムのある曲だーいすきなの！」

とおっしゃっていました。確かに、ジャズを唄う時の亜紀さんは、演歌を唄う時と同じくらい自然で、「自分のもの」という感じなのです。唄わされている感じが全く無く、身体が自然にスウィング。

家に帰ってもう一度「夜のアルバム」を聴きつつ、私は「ディスカバー八代亜紀、いよいよきてるかもー！」との意を強くしていたのでした。最近は由紀さおりさんが、アメリカで大人気になったことが話題になりましたが、亜紀さんのジャズアルバムも世界に配信されているそうなので、海外でもその人気に火がつくかも。日本には、まだまだ魅力的な大人の女性歌手はたくさんいるのです。

歌の世界を見ていると、年をとっても活躍を続ける歌手のかたは、たくさんいます。演歌の世界はもちろんですが、ロックやポップス界にも矢沢永吉さん、井上陽水さんといった、還暦越えかつ現役バリバリの人々が。山下達郎さんや桑田佳祐さんも、アラウンド還暦ですし。

しかし女性歌手はと見てみると、年をとっても活躍を続けるかたが、男性よりも少ない気がします。演歌の世界におけるサブちゃん的、及び五木ひろし・森進一的なポジションの人は見当たりませんし、ポップス界でも、アラウンド還暦で頑張っているのはユーミンや中島みゆきさんぐらいか。

女性の方が、結婚や出産後に家庭に入って歌をやめてしまうケースが多いことが、その一因でしょう。また体力的な部分において、女性の方がずっと歌い続けるのがキツいということもあるのかもしれません。

しかしだからこそ、八代亜紀さんや由紀さおりさんのように、ずっと歌い続けている大人の女性の新しい魅力が引き出されるのは、喜ばしいことです。若く弾けるような歌声もいいけれど、決して若者には出すことができない声を大人は出すし、若者には表現できない深みを大人は見せてくれるのですから。

　そして二〇一二年も、そろそろ紅白歌合戦の出場者が発表される季節となって参りました。小林幸子さんはどうなるのだとか、ジャニーズや韓流はどの辺りが、といった噂話は色々出ておりますが、私が願っているのはやはり、八代亜紀さんの久々の登場。再登場&「舟唄」でのトリ、なんていいと思うんですけどねぇ……。

〈追記〉残念ながら八代亜紀さんは、この年の紅白にも出場ならず。が、その後N．Y．で行われたジャズライブの模様は、NHKで放送された。次回こそは！

芋煮会に見る男と女

晩秋の仙台で開かれた芋煮会に参加してきました。

芋煮会と言えば、山形のそれが有名ですが、仙台でも盛んに行われているのだそう。仙台の友人達が、誘ってくれたのです。

場所は、広瀬川の河原。都心からほど近い場所です。東京の人がバーベキュー的行為をしようとすると、気合いを入れて遠くまで行くイメージですが、仙台では気軽にできるのがうらやましい。

河原では、我々の他にも何組もの人達が、芋煮会をしていました。

仙台の人々は、一シーズンに三回くらいは、芋煮会に参加するのだそう。

「今日は人が少ない方ですよ。多い時は河原がみっしり、芋煮会の人で埋まってる」

ということでした。

仙台民たちはテキパキと、芋煮の準備をしています。その辺に転がっている石を適当に組み合わせてかまどを作り、薪《まき》で火を起こす。こちらでは、芋煮会シーズン中はコンビニでもスーパーでも、薪の束が売られているのです。

かまど作りや火おこしが上手な男子は、やはり格好よく見えるのでした。屋内ではいまいちパッとしなくても、アウトドア作業で力量を発揮すると、男性の株は上がるものです。反対に、室内や都会においては生き生きしていても、アウトドアで木偶《でく》っている男子は、評価急落。

女子は女子で、前日から里芋などの下ごしらえをしてくれ、当日は調理に活躍しています。今回は仙台風と山形風、二種類の芋煮の鍋が並びました。仙台風は豚肉が入っていて仙台味噌で味付けがしてあるのに対して、山形風は牛肉で醬油味なのです。

「山形風には、ちょっと赤ワインも入ってるんですよ。そこがポイント！」

と、女の子が教えてくれました。

両方食べてみると、それぞれ美味しい！　久しく屋外での飲食をしていなかった私ですが、紅葉を見ながら東北の爽やかな空気の中で食べると、食欲も増すというものです。

芋煮のみならず、バーベキューでは仙台名物の牛タンなどが焼かれ、新米のおにぎりも並び、豪華な食卓です。お隣は、おそらくは職場の芋煮会なのでしょう、作業服姿の男性ばかりのグループ。ちらりと覗いてみると、年季の入った鍋で煮られている芋煮の他に、フランクフルトや焼きそばも焼かれて、そちらも美味しそう。皆、思い思いのメニュー構成です。

芋煮会の光景を眺めていると、こういうのが男と女の原風景なのかもしれないないなぁ、と思えてきたのでした。かまどを作って薪を調達し（といっても買ってくるのだが）、火をおこす男。食材を刻み、調理する女。男と女がそれぞれの特性を生かし、力を合わせて楽しんでいる。

日常生活において、その手の光景は少なくなりました。スイッチを押せば火は簡単につくし、重いものは何でも、業者さんが運んでくれる。料理でも裁縫でも、女ができることは何でも男も上手にするようになりましたし、逆もまた然《しか》り。機械化や性別差のない教育のお陰で、男女の役割にはほとんど違いが無くなったのです。

そういえば以前、ある居酒屋で宴会をしていた時のこと。その場に気が利く若い男性がいて、彼が色々な料理を取り分けて、皆に回してくれていました。

するとその居酒屋のご主人が、端に座っていた女性に、何やら耳打ちをするではありませんか。

「何を言われたの？」

と問えば、

「料理の取り分けは、男がするものじゃないから、あなたがやりなさいだって。わけわかんない」

と、その女性。

七十歳くらいとお見受けするそのご主人は、たくさん女がいるのに何もしようとせず、男がせっせと取り分けている様子に驚いたのでしょう。とうとう我慢ならず、女を注意するに至ったようです。

世代によっては、このように男女の役割を厳格に守るべきだと思っている人もいるのです。しかし今、そんなことを思っている若い世代がどれほどいることか。

ですから芋煮会において私は、新鮮な光景を見た気がしたのでした。今や、特別なイベントや非常時でないと、男女の役割などを意識することはなくなったのです。

仙台の子は、

「だから震災の時も、男の子は頼りになるなぁって見直したことはありましたね」

と言っていました。強い揺れに見舞われた仙台では、食料が不足し、ライフラインもしばらく止まったわけですが、

「どこからか食料を調達してくれたり、水を運んでくれたりする男の子を見て、意外に頼りになるなぁって」

という視線が生まれたのだそう。

が、反対に、

「女友達と一緒に避難したんですけど、水も運ぼうと思えば運べたし、『男なしでもどうにかなるじゃん』と思いました」

と言っていた一人暮らしの女の子もいた。

芋煮会も終りに近づくと、女子達はテキパキとゴミなどを片付け、男子達は鍋を川で洗ったり火の始末をしたりしています。役割分担がはっきりしている芋煮会の現場は、今や貴重な男女差アピールの機会。合コンなどにも適しているのではないかと思ったのですが、しかし料理自慢の男が芋煮の味付けにしゃしゃり出たり、力自慢の女がさっさとかまどを作ったりもしているんだろうな、意外に。

消えゆく昭和のセクハラ芸

学生時代の仲間と大勢で集う機会がありました。昔と比べて外見が変化するのは当たり前ですが、人間の中身はそう簡単に変わらないことであるよ、とその手の集いがある度《たび》に思う私。

中に一人、学生時代からセクハラ芸を特技としている先輩がいるのですが、その先輩は今もって、セクハラ行為およびセクハラ発言が止まりません。主に女性を相手に、巨乳だ貧乳だという肉体的特徴をあげつらったり、露出度が高い服を着ている女子の露出部分にタッチしたり、ファスナーを下ろそうとしてみたり。

そんな彼は、私のことを昔から「○んこ！」と呼んでいます。「じゅんこ」という名前の人は、しばしば「○んこ」の○に「あ行」の一文字を入れたワードで呼ばれやすいのですが、彼の場合は○に「た行」の一文字を入れる。もはや全く韻《いん》を踏んでいませんが、「んこ」さえ同じならいいらしいのです。

日本人の旧弊な悪癖を見る度に、

「うちの会社じゃこんなの絶対に許されない！」

と口にするのが常の、外資系企業に勤務する女性は、彼のセクハラ芸に対しても、

「うちの会社だったら速攻クビですよ！　あり得ない！」

と言います。が、今や外資系企業のみならず、普通の日本社会においても、セクハラは厳禁。大学の先生はセクハラ疑惑を避けるため、女子学生とは絶対に二人きりにならないそうですし、普通の会社員も、発言にものすごく注意している。

今時の学生を見ていると、彼等はとても真面目です。性的な冗談を言う気配も無いし、酔った勢いで普段はできないことをやってしまえ、という雰囲気も無い。

「セクハラって、昭和の遺産と化したのかもねぇ」

「もはや伝統芸」

と、我々は語り合いました。

昭和のセクハラ芸人である先輩は、まっとうな大企業の会社員なのであり、

「さすがにこういうことは会社ではできない」

と言っていました。昔の仲間という、クローズドなサークル内であるからこそ、安心して芸を披露することができるのです。

それは、煙草の存在感とも似ているかもしれません。昔は、オフィスだろうが寿司

屋のカウンターだろうが、どこで喫煙しても大丈夫だったのに、今や喫煙できる場所はどんどん減り、狭い喫煙ルームで身を細くして吸わなくてはならない。同じようにセクハラも、昔はオフィスでも食事時でも普通だったのが、「セクハラ」という言葉が出現してからは、公共の場所からは追放されて密室内で行われるように……。

セクハラには、「する側」と「される側」があるわけですが、クローズドな場においてこっそりとセクハラ芸が披露される場合は、される側にも、それなりの受け身技術が必要となります。すなわち、「あの人は、ああいう人」ということを了解した上で、芸人さんを盛り上げる気持ちを持つことが要求されるのです。

昭和のセクハラ芸人であるその先輩は、爽やかな容姿に陽気な性格を備えているので、カラッとセクハラ芸をやってのけます。「自分の芸が嫌がられるはずがない」という自信がなければ、昭和から現在まで、セクハラ芸を続けることはできなかったことでしょう。男女二人きりの場所で、こっそりねちねちと行ってしまったら本当のセクハラですが、彼の場合は皆に披露できるからこそ「芸」になっている。

彼はつまり、「これはハラスメントではない」という確信を持っているのです。むしろ「一種のサービス」くらいの感覚を持っているのではないか。実際、クローズドな場において彼からの性的からかいを受けない女性は、その場でもどことなく寂しそうだったりするのでした。

皆の前で堂々と行われるセクハラ芸は確かに場の雰囲気を柔らかくするのですが、その時に受け手が、「うまいことキャーキャー言う」という技術も、必要です。

「やめてくださいッ」

などと真剣に一刀両断してしまっては、場は静まるばかり。嬌声とともに、

「もーぅ、やめてくださいよぉ、なにしてるんですかぁ」

みたいな反応をすることによって、芸人さんのノリはますますハイテンションに。セクハラが悪として認識される今、セクハラ芸を成立させるには、する側もされる側も同じ了解を持つことが必要なのです。こっそりとフグ肝を出すフグ屋さんと、それを食べる客とが、ある意識を共有しなくてはならないように。

私の場合は、芸人さんを乗せるべく「うまいことキャーキャー言う」のがあまり得意ではないのですが、それは今の若者も同じのようです。その場には数人の若い女子もいたのですが、セクハラ初体験の彼女達は、昭和のセクハラ芸を見て、「これは……何事?」と、眉根を寄せる。

が、やはり受け身がうまい人というのはいつの時代にもいるもので、すぐに相手が喜ぶようにキャーキャー言う技術を身につける子もいるのでした。何事も才能ですね

え。

昭和時代に青春を送った世代が死滅すれば、こういった陽性のセクハラ芸も、消えることでしょう。特に惜しいとは思いませんが、「かつて、このような芸人さんがいた」ということは、今の若者の心の一端に刻まれたのかもしれません。

個室でしかできない話

知り合いのお父様が、心臓系の疾患《しっかん》で突然亡くなられました。二年前に他界した私の母親も、ほぼ突然死のようなものだったので他人事とは思えず、

「大変だったわねぇ」

「しかしああいう状況だと、何だか妙に、テンションが高くなる瞬間があって」

「そうそう、バリバリ仕切っていたかと思ったら急に泣き出したりして、葬式ハイ状態に」

などと、彼女と語り合った私。それは、同病相憐れむというか、同病の親を相憐れむ状態で、

「親・突然死の会、だわね」

ということになったのでした。

そういえば私は、「親ガンの会」にも所属しておりました。私の仲良しの女友達は、たまたま三十代の時に親御さんがガンで亡くなるというケースが多かったので

す。ですから私の父親が血液系のガンになった時は、

「親ガンの会へウェルカム！」

と、明るく迎えられたものでしたっけ。

先日、その友人達との忘年会を開催しました。女が集まれば姦しいのは決まっているので、所は、広尾のイタリアンの個室です。

すると、一人の友達が、疲れ気味の顔をしています。何でも親御さんが入院してしまったそうで、病院通いが忙しいとのこと。

「今は病院でリハビリ中なんだけど、でもいつまでこの状態が続くのか……。動けないせいか、ちょっと頭もモヤーっとしているみたいだし。このままぼけちゃったらどうしよう。先が見えないのがつらい！」

と、ため息をつく。

それを聞いて、

「私の親も最近、何だか言動がおかしい」

「うちも怒りっぽくなってきている。認知症の前兆？」

などと、老化しつつある親への不安が続出。一人の友達は、

「ちょうど今日、親の介護のための講座が会社で開かれたから、資料を皆にもあげる

わね」

と、プリントを配付してくれました。

そう、私達はそろそろ「介護」という言葉が現実的に聞こえてくる世代なのです。私の両親は既にこの世から卒業しているため、

「いいわねーっ、あなたは」

「ほんと、おばさまったら子供孝行だったわ」

と、今となっては友人から羨ましがられます。

親の老いを感じるのは、もちろん今に始まったことではありません。我々は親ガンの会会員でもありますから、「親はずっと元気でいてくれるもの」などと思っているわけではないのです。

「でもさ、あの時はまだ、ゴールが見えたのよ。そりゃ長生きはしてほしかったけど、『いつまで続くかわからない』という介護ではなく、余命という期限がある看護だったから、頑張れたのよね」

と、お母様をガンで亡くした友達は言う。

「そうそう、あれはまだ短距離走だった。介護はいつまで走ればいいのかわからないのが、つらい」

と、別の友人も。

「あちらが死ぬか、こちらが死ぬかの勝負のようなものだ」

介護というのは、と、経験者のかたがおっしゃっているのを聞いたことがありますが、身近な友人達が介護戦線へと赴かんとしている様を間近に見ると、その言葉のリアリティーも深まってこようというもの。

さんざ介護ネタで盛り上がっている時、ある友人が、

「しかし私達が話す事も、ずいぶん変わったものよねぇ」

としみじみ言ったのでした。以前から我々は、皆で集まる時はたいてい個室をとっていたのですが、それは単にうるさいからだけでなく、他の人々にお聞かせできないような話題が多かったから。すなわち、上品に言えばロマンティックな話題、下品に言うならシモ関係の赤裸裸な話題が多く、それを忌憚《きたん》なく思い切り話すために、個室が必要とされたのです。

シモ感覚がマッチする友人とは毎年、「今年の総括」と称して、年の瀬も押し迫ってから、そちら方面における一年をしみじみ振り返る集いも開いていましたっけ。最もお盛んな頃には、食事をする程度では時間が足りず、年末に一泊旅行をして、そち

ら関係の話題に特化して話し合っていたものです。

「それが今や……」

と、私達。それぞれ身の落ち着きどころも定まって、そうそうシモ関係の新鮮なお話もなくなってきたということもありますが、今や最も盛り上がる話題が介護とは。

「シモはシモでも、自分のシモではなく親のシモについての話……」

と、隔世の感あり。

個室を使用するのも、ロマンティックすぎる話題が他人に聞こえないようにするためではなく、広尾のイタリアンの洒落た空気を盛り上げるとは思えない介護ネタが、他の皆さんに聞こえないようにするためとなってきました。食しているのは昔と同じようにポルチーニだのタリアテッレだのだけれど、口から出る単語は、「転院」とか「リハビリ」。

「でもさぁ、そうこうしているうちに自分の死についても、考えたりしない?」

「するする!」

などと話しているうちに、夜は更けてゆき、そして年は暮れてゆく。「せめて、誰も死なずにいられたのが幸い」と、甘いデザートをありがたーくいただいたのでした。

「試合」に再デビュー

ここだけの話ですが、私はひそかに「文武両道」を目標とする者でございます。「才色兼備」ともいきたかったのですが、その夢は壮大すぎて断念。そんなわけで学生時代はずっと競技スポーツをしており、今も身体を動かすことが好きなのです。

ここ一年ばかり通っているのは、卓球のスクールです。中学時代は卓球部に青春を捧げていたため、近所に卓球スクールがあるのを発見し、「おっ」と思って再入門。若いコーチとマンツーマンで練習をしていたのです。

そして、

「酒井さん、そろそろ試合に出てみます？」

と言われたのが今年の秋。とうとうこの年末に、試合に再デビューすることとなりました。

「試合」というものに出場するのは、二十余年ぶり。卓球の試合で言ったら、三十年ぶり。気楽な大会とはいえ、当日が近づくにつれ、緊張は高まっていきます。

それまではずっと適当なスポーツウェアで練習していたのが、本番に向けて、本物の卓球ウェアを購入。ああ、中学時代は綿のウェアで汗じみ全開、中一はなぜか赤いシャツしか着ちゃいけなくて、夏休みの練習の時は暑さのあまり紺のパンツに塩がうかんだものだったっけ。……と、今時の速乾性の化学繊維ウェアを手に、思う。

ラバーも張り替え、準備は万端となったところで、私は緊張しながらも意外と落ち着いている自分に気づきました。緊張感を、客観的に見ている自分がいるのです。

学生時代は、試合の度にパンパンに緊張し、緊張しすぎて自滅しては泣く、というパターンの繰り返しだったものです。しかし今は、「試合の緊張って、どんなんだったっけ？　楽しみ〜」という余裕がある。まぁ、ほとんど人生を賭けて試合をしていた学生時代とは試合に臨む姿勢は異なりますが、緊張感を楽しみにする自分に「大人になったものよ」と思います。

総勢五十人ほどが参加した個人戦において、私は六人のグループでのリーグ戦に挑みました。ウェアに着替えて卓球台を見ると、気分はハイに。そして、いきなり第一試合が私ということになって、あわてふためきます。

お相手は、と見ると、明らかに七十歳オーバーのおばあさんでした。小柄でニコニコしていらして、威圧感も無い。

その時に私は、「さすがに……勝てるよね？」と思ったのです。こちとら、大人になってから初試合とはいえ、腐っても四十代。体力で勝てるでしょう、と。

ところが試合が始まってみると、私はちっともリードできないのです。おばあさんは、フットワークは軽くはないものの、ミスが無い。その上、身体の回転を効かせて、驚くほど速い球を打つ。……結果、私はあっさりと3－0で（卓球は5セットマッチ）負けてしまったのでした。

この敗戦は、私に少なからぬショックを与えます。「年配の方を舐めたらアカンのね～」「こんな調子では、一回も勝てないのでは？」と。

失意の中での、二試合目。お相手は中年女性で、初戦を見たらとても強い人だった。「絶対負ける……」と思っていたら案の定、2－0まで追い込まれます。

が、私はそこでハタと、覚醒したのです。すっかり忘れていたあるポイントを思い出し、思い出したら相手がミスを連発するように。そこからぐいぐいと追い上げた私は、なんと3－2で逆転勝利をおさめたではありませんか。

大人になってからの、初めての「勝利」。それも、逆転。これは、嬉しいものでした。もうずっと、勝負の世界から遠ざかっていたけれど、この緊張感はやっぱりしびれるわぁ～！　と。

私はもともと、勝負事に一生懸命になるたちでした。子供の頃からトランプでもゲームでもスポーツでも、真剣に取り組んだ。今年の夏は、大学時代に所属していた体育会の後輩達がインカレで久しぶりに優勝したのですが、出張先でその知らせを聞いた時は、北陸を走るサンダーバード車中で嬉し泣きしたものです。

が、自分自身が真剣勝負に身を投じるという興奮からは、長らく遠ざかっていました。そして今、小さな試合とはいえ自分が勝ったり負けたりすることで、アドレナリンが噴出。「これこれ、これだったのだ私が好きなものは！」と、その後も試合を続けて、結果的には二勝三敗。負け越しとはいうものの、強い相手にも挑むことができて、精一杯の戦いが終りました。

試合後、最初に試合をして完敗したおばあさんや他の皆さんはとても優しくて、

「あなた、初めてにしたらすごいわよ。きっとこれから強くなるわ！」

と、励まして下さいます。その言葉に力を得て、

「頑張りますぅ〜」

と、汗だくの私。

試合において、私は普段使わない精神のある部分を久しぶりにフル回転させた感覚を得ました。普段の練習では使用しない筋肉も使ったようで、家に帰ったら激甚《げきじん》疲労

のあまり、しばらく気絶。

　しかしそれは、爽快感を伴う疲労でした。いくら仕事をたくさんしても、この疲労は味わうことができないかも。

　卓球を習っているというと、

「酒井さん、いったい何を目指しているんですか」

　と聞かれることがありますが、とりあえずは「七十代になった時、四十代の人に勝つ」ということを目標にすると誓った年の瀬。なぜかいまだに、尻が筋肉痛です。

役者の世襲、議員の世襲

二〇一二年の歌舞伎界は、しんみりとしたムードに包まれておりました。いつもであれば、年の瀬というのは劇場も華やかな空気に包まれているというのに、私が新橋演舞場に行った時は、どことなく静か。やはり、大スターであった中村勘三郎さんの逝去が、影を落としていたのだと思います。

勘三郎さんが逝去された時、京都・南座で行われていたのは、長男である勘九郎さんの襲名披露公演でした。役者たるもの、舞台に穴をあけることはできないため、逝去の当日も、息子達は舞台に立ちました。その時の涙ながらの口上の映像を見て、もらい泣きしたのは私だけではないことでしょう。ここのところ、お父さんと声や話し方がそっくりになってきた勘九郎さんの姿は、悲しい空気の中の、一筋の光となりました。

勘三郎さん逝去から十一日後に行われたのは、衆議院選挙。夜になって選挙速報番組を見ていれば、次々に入ってくるのは、自民党候補者の当選確実の報と、選挙事務所での万歳三唱です。

そして私は、それらの映像を見ながら、少し前に見た、勘九郎さんの涙の口上の映像を思い出していたのでした。自民圧勝により、たくさんの世襲議員が復活したり新たに誕生したりしたわけですが、お父さんの地盤を受け継いで、涙ぐみながら、

「ありがとうございました！」

と嗄れた声で叫ぶ世襲議員の姿と、十一日前の勘九郎さんの姿は、あまりにも似ていたから。

投票率が非常に低かった、今回の選挙。若者達は投票に行かず、高齢者は律儀に投票したわけです。今回の選挙は、「国民の声」と言うよりは「中高年の声」を反映した結果と言えましょう。

様々な争点がありましたが、今回は中高年達が「やっぱり政治家は、世襲の方がいいんじゃないの？」と思った選挙でもあったと思うのです。民主党は、世襲を否定することによって自民党との差別化を図ろうとしましたが、その結果、一般の国民からするとわけのわからない議員がたくさん登場することになりました。さらに今回は、第三極と言われる政党が色々と登場し、その手の党の候補者達もやっぱり、わけがわからない感じ。

そこで中高年の方々は、「わけのわからない人達に任せるくらいだったら、多少無能でも、家業として政治をしている人の方がいいべ」となったのではないでしょうか。

私が住む地域で立候補していた民主党の候補者は、「世襲政治にNO!」というコピーを、最も大きく掲げて選挙活動をしていました。が、それを見ながら私は、「時流を読むならば、今そのコピーは効かないと思うんだけどなぁ……」と思っていたのです。

同選挙区で立候補した自民党候補は、バリバリの世襲。民主党候補としては、それに対抗する意識を前面に打ち出したのだとは思いますが、「でも『世襲の方がまだマシ』と人々が思うようになった今、違うセールスポイントを打ち出した方がいいのでは?」という気がしていた。

結果、自民の世襲候補がトップ当選。「世襲政治にNO!」と言っていた民主候補は、「反原発」だけをひたすら押し通した他候補にも全く得票が及ばず、三位で落選となったのです。

選挙速報において、世襲候補達の当選の弁は、まさに歌舞伎の襲名披露における口上でした。政治の世界では、今となってはあまり世襲色を強く打ち出せません。しか

し人々は、

「ああ、お父さんにやっぱり似てきたねぇ」

とか言いながら福田達夫氏やら中川俊直氏やらを眺めることによって、「人はやがて死ぬ。しかし子孫はつながっていく」ということを実感したのではないか。その実感は、「自らが死んでも子孫は残る」という感覚にもつながるわけで、政治であろうと歌舞伎であろうと天皇家であろうと、世襲というシステムは、人々が根源的に抱く無常への不安を和らげる役割を果たしています。

考えてみれば歌舞伎役者は、もしかすると政治家よりももっと、「世襲、是か非か」という問題が問われてもいい職業なのです。歌舞伎では、名家に生れなければ良い役につくことはできないわけですが、今の世において、そんな閉鎖的な世界がありましょうか。役者というのは、他のどの職業よりも才能が重視されてしかるべきなのに、才能だけでは出世できないのです。

前進座などは、世襲が絶対という歌舞伎の世界に反発する意味合いもあって作られた劇団なのだと思います。しかしその後、世襲歌舞伎と前進座とどちらが観客動員力を持つかといったら、世襲歌舞伎。人々は、「世襲だから」歌舞伎を見たいのです。

政治もまた、伝統芸能のような一面を持つことを考えると、古くからのファンであるお年寄り達が今、世襲政治に戻っていったという感覚も、よくわかります。が、歌舞伎においても「名家に生れただけでは駄目」なのです。名家生れでも、あまりにも不細工だったり才能が無ければ、スターになることはできない。

政治の世界でも、同じであってほしいと、私は祈ります。世襲の力で舞台の上には立たせてもらっても、それから先は本人の資質次第。名家の生れでなおかつ才能とスター性も尋常ではなかった、十八代目中村勘三郎のような政治家を、世の人々は切望しているのでしょう。

性豪の最期

中村勘三郎さんが亡くなられたことのショックは年をまたいでもなかなか消えず、歌舞伎を見ると「かつてはこの役を勘三郎さんも……」などと思い出している私。

幅広い世界の方々が勘三郎さんを悼《いた》む声を聞いていると、「本当に、モテた方なのだなぁ」という意を新たにするものです。モテる人というのは、全ての人に「この人と一番親しいのは私だ」と思わせる術を持っていますが、勘三郎さんもまた、そういう方だったということを思わせる。

そんな中、私はとある五十代男性と話しておりました。彼は勘三郎さんよりは年下とは言うものの、同世代ということで、その死にショックを受けたのだそう。

さらに彼は、もちろん勘三郎さん並みとは言わないまでも、かなりのモテ男——別の言い方をするなら性豪——でもあるのでした。そんな彼は、勘三郎さんのことを思いつつ、「モテ男の死」というもののあり方に、頭を悩ましているようです。すなわち、

「元気な時は、好きな時に好きな女に会えても、入院したら面会できる人は限られるだろ？　妻がずっとついていたら、会いたい女に会えないのが、つらいよなぁ」と。

確かに、病の床にあって奥さんに世話をされている身としては、好きな女を好きな時に呼ぶことはできません。

「もっと病気が重篤になって、自分で歩いたり携帯を操作できなくなったら、好きな女に連絡すらとれなくなると思うと……、不安だ。勘三郎さんも、色々と思い残すことはあったのでは？」

などと、余計な心配をしている。

その手の例は、私も聞いたことがあります。重篤な状態になった男性を、愛人女性と一目会わせる為に、友人達が協力して、奥さんのいない時間にそっと病室に連れてきた、とか。また、男性が亡くなってしまった後、葬儀に出席するわけにいかない愛人女性に、やはり友人達が「せめて最後の別れを」と、遺体に会う時間を設けてあげた、とか。モテ男を夫に持った妻は、夫が病気の時や亡くなった時、はじめて妻としての力を実感すると聞いたことがありますが、その背景では色々とややこしいことがあるらしい。

そこで私は性豪氏に、

「だったら、瀕死の状態の時に会いたい人のリストを私に教えておいてくれれば、そっと病室に連れていってあげるけど？　○○ちゃんには、絶対に会いたいでしょう？」

と、男気あふれるご提案。今まで、性豪氏の数々の女性遍歴を見てきましたが、既に別れた○○ちゃんは、その中でも一番のお気に入りだったのであり、源氏物語で言えば、紫上《むらさきのうえ》かはたまた藤壺《ふじつぼ》か、といった存在。

「そうだよなぁ、○○には最期に会いたいよなぁ」

と、性豪氏は遠い目をするわけで、私は、

「いっそのこと、お通夜では過去の女達で女神輿《おんなみこし》をかついで、あなたの棺《ひつぎ》を『わっしょい、わっしょい』って運んでもらったら、すっきりするかもよ？　勘三郎さんのご遺骨だって、浅草で女神輿に見送られていたし。モテ男っていうのは、そういう華やかな見送り方が似合うんじゃないの？」

などと茶化すのでした。

モテる男性というのは、全ての女性に対して優しいのです。日本を代表するモテ男・光源氏は、びっくりするほどの醜女《しこめ》である末摘花《すえつむはな》に対しても、またド地味な花散《はなちる》里《さと》に対しても、一度関係を持ったなら最後まで面倒をみてあげていました。そして、女性には不自由しない美男の貴公子だというのに、源典侍《げんのないしのすけ》という、好色な年増《としま》にも手を出すという、悪食《あくじき》の面も持っているところがまたご愛嬌。

性豪氏を見ていても、関係を持った全ての女に、優しいのです。女達がその後結婚して子供を持っても、親身になって相談にのってあげるし、時にはセックスレスの悩み解消のお手伝いまで。そして、時には「掃除のおばさんとも事に至ったらしい」という噂が立つ雑食の一面も……。

しかしだからこそ、モテ男というのはモテ続けていられるのでしょう。付き合った女をしょっちゅう手ひどくふっていたら悪い評判がたって、異性関係のみならず、社会的にも失脚しかねません。しかし彼等は、全ての女性に対して優しくすることができるし、別れる時も、決して女のメンツをつぶさないようにするのです。次々と女性と付き合うことができるのは、そのせいでしょう。

あるモテ女の葬儀において、かつて関係を持った男達が、出棺の時に彼女の棺を担いだという話を聞いたことがあります。「いい話だなぁ」と思ったのですが、モテる人というのは男女を問わず、相手に遺恨を残さないものなのかも。

光源氏もまた、かつて関係を持った女達を自分の邸に住まわせ、養っていたのでした。ある一定レベルのモテ具合を超越すると、女達あるいは男達は、ライバル関係ではなく同盟関係を結ぶようになるようです。

件の性豪氏は、果たしてそのレベルまで行くことができるのか。

「昔の女達にお神輿をかついでもらったら、成仏できると思うなぁ。私、お神輿の前で大きいうちわを持って扇《あお》ぐ役をしてあげるね！」

と言ってみましたが、とはいえ性豪氏が長生きをしたら、女達の方にも、神輿をかつぐ体力は残されていないかも。若くして亡くなった勘三郎さんの鮮やかさが、やっぱり際立つのです。

嫁力と姑力

先日、友達と一緒に我が家の墓参りに行きました。彼女は私の親とも親しかったので、付き合ってくれたのです。

墓参りというのは墓掃除とセットになっているわけですが、彼女は我が家の墓にて、見事な働きを見せてくれました。寒いし、手が濡れるの嫌だし……と、チンタラ掃除する私に対して、彼女はとても丁寧。地を這うように掃除をし、しっかりお参りもして、煙草まで供えてくれます。

彼女の見事な掃除っぷり&お参りっぷりを見て思ったのは、

「これが嫁というものなのだ!」

ということ。彼女は、お金持ちに嫁いで三人の子を持つ、立派な専業主婦。嫁ぎ先のお墓において、舅《しゅうと》や姑の視線の中で、嫁として「正しい墓掃除・墓参り」をしてきた人なのです。そのスキルが今、我が家の墓にも発揮されている。

対して嫁経験の無い私は、血縁以外の厳しい視線の中で墓参りをしたことがありません。いつも家族だけ、もしくは一人で、ゆるく墓を守ってきました。「嫁力」というものは、このように冠婚葬祭を含む家族の行事の時に、発揮されるものなのです。専業主婦達は、実社会におけるスキルは積んでいないかもしれないけれど、家というものを守る方法は、熟知している。

一月、世の嫁達はぐったりと疲れていることが多いのですが、それというのも年末年始は、嫁力を使う機会が一年で最も多い季節だから。普段は極力夫の実家との付き合いを避けていても、お正月は顔を合わせなくてはならず、その時くらいは嫁の顔をしなくてはならない。

「それって、ほとんど嫁のコスプレって感じなのよ」

と、嫁歴の長い友人は言います。

「普段は着ないような地味目で長目のスカートとかはいて夫の実家に行くのって、疲れるわよぅ」

とのこと。

家父長制も薄れ、嫁の役割はだいぶ軽くなり、その地位は上がったのだといいます。が、それでも嫁プレイをしなくてはならない時はたまにあるわけで、それが「たまに」であるからこそ、余計に疲れるらしい。

別の友人は、年末には嫁として、姑と一緒におせち料理を作らなくてはならないのだそうです。しかし彼女は、

「姑は私に、〝我が家の味〟ってやつを、伝えたいらしいのよ。でも私、夫の両親が死んだら絶対、おせちは作らないで買うわ！」

と言っていた。

とはいえ最近の姑は、嫁に対してたいそう気を遣ってもいるようです。知り合いの六十代の姑は、

「うちのお嫁さん、お料理なんて全然しないわよ。おせち料理だって全部私が作って、持たせてやるんだもの。お嫁さんはただ、美味しい美味しいって食べているだけ」

と笑っていました。私は、

「わぁ、いいお姑さんですねぇ。お嫁さんがうらやましーい」

と一応言ったのですが、内心は、

「お嫁さんもたぶん、頑張って食べて、頑張って『美味しい』って言っているのだろうなぁ。料理自慢の姑って、面倒くさいものねぇ」

と思っていた。このように年末年始は、嫁のみならず姑も疲れる季節であるわけで

すが、そんな疲労感の中で、嫁力や姑力は鍛えられていくのでしょう。

嫁力が最高値まで鍛えられた時に、嫁という生き物は姑と化すのだと私は思います。嫁は、自分の息子が結婚した時に姑になるのではなく、嫁力を鍛えていくうちに、じわじわと姑化していくのではないか。

実際、我が家の墓参りの時、友人は私に、

「そんな掃除の仕方じゃダメよ〜」

と厳しい指導を下したわけですが、彼女も既に相当なところまで嫁力が養成されているため、半ば視線が姑化している。婚家の人々の厳しい視線の中で鍛えられた人は、鍛え方が不十分すぎる私のような者を見ると、イライラして指導の一つもしたくなるのだと思うのです。「ああ、こうして嫁は姑となっていくのだな。そして彼女の息子の嫁も、いずれこうして鍛えられていくのだな」と、私は墓掃除をしながら実感したことでした。

嫁という人々は往々にして、婚家の家風や習慣を、その家に生れた人よりもきちんと身につけているものです。それはおそらく、「自分は他所から来た者」という意識によって、クソ意地を出してその家の正調の家風を学ぶからなのでしょう。

それは、歌舞伎の女形が、本当の女性より女性らしいのと似ています。女形は本当は女ではないからこそ、尋常ではない努力をして女としての所作を身につけ、いつの間にか精神までもが女以上の女になっていたりするもの。同じように「嫁」も、「本当はこの家の者ではない」という意識が、その家に生れた人以上にその家の人らしくなる原動力なのではないか。

「この家は嫁でもっている」

という言い方がありますが、「嫁でもつ家」は、少なくありません。嫁がいずれ姑となり、夫を看取った後にその家のドンとして隠然たる権力を握るのもよく見られるケース。元々は「嫁」であったドン達は、自分もかつて嫁であったからこそ、何も知らない息子の嫁に厳しいのです。

嫁姑問題がいつまでもなくならないのは、嫁は決して嫁のままではいないから、なのでしょう。嫁力をたくわえ、少しずつ姑化しつつある友人達を見つつ、私は自分の甘さを思い知るのです。

「知らない」という幸福

同級生達との集まり、いわゆる女子会において、「我が青春に悔い無し」という話をしていた私達。とことん遊んで楽しかった、それに比べて今の子供達は真面目だわねぇ、と。

するとその中の一人がぽつりと、

「でも私、もし若い頃に戻れるとしたら、留学はしないな」

と言ったことに、私は驚いたのです。彼女は、仲間うちでも最も早く留学をし、その後も国際的な仕事を続けている人。友人達の中で最もドメスティックで留学経験も無い私は、そんな彼女のことを眩しく見ていたというのに、「留学しなければよかった」とはこれいかに……。

海外で暮らせば、それだけ多くの出会いもあるけれど、同じ数だけ別れもある。また国際的な仕事といっても、国際的であるからこそ、ストレスもまた国際規模。……という彼女の話に、「なるほどねぇ」と私。実家のある街つまりは東京以外に住んだことがなく、またずっと母国語を仕事に使用してきた私のような者からは、想像のつかない苦労がそこにはあるのでしょう。

今まで私は、外国語も話せず海外経験も無いという自分のドメ子っぷりがコンプレックスでもあったわけです。が、「してみると、ドメ子であったからこそせずにいた苦労もあったわけね」と、その時に知りました。

それは、国内においても同じことが言えるのでしょう。地方に行くと、「その地方から出たことが無い人」と「外の世界に住んだことがある人」とに会うわけですが、やけに幸せそうに見えるのは、「その地方から出たことが無い人」なのです。一度都会に出てから戻ってきた人の中には、「本当はこんなはずではなかった」といった感覚を抱いている人も多い。

対して、大学進学や就職で都会に出ることなく、ずっと地元に留まり早くに結婚して子供を産み育て、親と同居もしくは近くに住んでいる人というのは、都会の生活も、海外の生活も知りません。が、知らないからこその幸せの中に浸っている安定感がある。

たとえば、食べ物。都市に暮らす我々は、今日和食を食べたなら明日はイタリアンを食べたいし、明後日は中華がいいかな、という思考です。白いご飯を二回続けて食べたら、もう三回目はご飯は食べたくなくなり、パスタだのパンケーキだのと言い出す。

　が、地方の人々の暮らしを見ていると、三食がご飯、ご飯、またご飯でもいい感じ。自分の土地で採れる新鮮で美味しいものを食べ続けるというその生活に、充足しているのです。カラスミのパスタだの、エッグスンシングスのパンケーキだのは、知らないが故にどうでもいいのでしょう。

　幸せ度ランキングなど見てみると、上位に入る県というのは皆、地味な県であり、大都市圏は、そこに入っていない。そして私は、高い幸福度の背景には、「知らない幸福」というのもあるのではないかと思うのです。

　世界的に見ると、ブータンも幸福度が高いのだと言われています。ブータンといえば、長く鎖国的な状態にあり、今も自国の文化をきっちり守っている国。外国から流入してくるものや文化を慎重に制限している印象があり、つまりはあれもこれも知りたい・見たいという人々が住んでいない国。……となるとブータンでもまた、「知らない」ことが幸福につながっているのではあるまいか。

　翻って我が国の若者達は昨今、外に出て行かないと言われています。海外旅行も留学も、若者達はしたがらないのだ、と。それはもしかすると、彼等が既に「たくさんのものを見て知って体験したからといって、それは幸福につながるわけではないのだ」ということを察知しているからではないでしょうか。一生懸命にたくさんの経験を積んだ大人達を見ても、少しばかり経済的に豊かにはなるかもしれないけれど、ストレスフルで幸福ではなさそう。であるならば僕たちは、広い世界なんかに出ていかなくても、ストレスを極力抑えて、幸せに暮らしていきたい……、ということで自国に留まっている気がする。

自分のことを考えても、「無駄なことを知りすぎちゃったかなぁ」と思うことはたくさんあるのです。たとえば旅が多い私は、どんな宿に泊っても、ちょっとした不満点を見つけてしまったり、「こういう宿ってよくあるよね」とか、「○○系じゃない？」などと、類型化して考えたりする。しかし旅行経験が少ない主婦の人などを見ると、

「誰かが作ってくれたごはんを食べられるだけで幸せだわ～！　お布団の上げ下ろしもしてくれるし」

と、私がブツブツ言っている宿でも嬉しそうにしているではありませんか。そんな人を見ると、いかに自分がスレてしまったかよくわかりますし、「知らない幸福」は確実にある、と思うのです。

「若い頃に戻ったら、留学はしない」と言っていた友人も、今になって「知らない幸福」のことを考えたのかもしれません。

「色々なことを知るよりも、知らないままでいることの方が、ずっと貴重なことなのかもしれない」

「でもさぁ、体験してしまったものを、しなかったことにはもうできないしねぇ」

「誰か、鎖国政策を打ち出す政治家が出て来たら、無党派層を中心に、意外に人気が出るかもね」

などと語っていた我々ですが、もうここまで来てしまった以上、後戻りはできないことは、よーくわかっているのでした。

看取られるという特権

「老人漂流社会」と題されたNHKスペシャルを見ました。朝、新聞のテレビ欄を見た瞬間から、「自分が見るべき番組」として文字が立っているかのよう。身寄りが無かったり、身寄りがあっても頼ることができないお年寄り達が施設を転々とする様子が、そこには映されていました。

「終《つい》の住処《すみか》」が定まらないお年寄りは皆、人生において真面目に働いて生きてきたのです。しかし、妻に先立たれたり子供が病気だったりすると、面倒を見てもらうことができない。寂しさに泣くおじいさんの姿を見て、何ともやるせない気持ちになりました。

同時に思ったのは、「明日は我が身」ということ。NHKスペシャルではしばしば、「卵子老化の衝撃」とか孤独死の問題とか、私のような者にとって身につまされる事実を取り上げるわけですが、漂流老人もまた然り。「配偶者や子供がいる人ですら漂流の可能性があるなら、私はどうなる」と思うのです。

その翌日、今度はTBSの「私の何がイケないの?」という番組で、「孤独死を吹き飛ばす!!　明るい〝終活〟スペシャル」という特集が放送されていました。NHKがこの手の問題を取り上げることには慣れていましたが、民放がゴールデンタイムのバラエティ番組で孤独死を取り上げるということに「時代は変わった」と思った私。

番組では、今時のお年寄り向け施設における充実した生活ぶりや、棺桶に入ってみて死生観を養うといった終活の様子が紹介され、お笑い芸人さんや、独身タレントさん達が感想を述べています。

独身で一人暮らしの中尾ミエさんの生活も紹介されていたのですが、中尾さんの場合は自宅のすぐ裏にアパートを持っていて、そのアパートに住む若者達に老後の世話をしてもらうのだ、とおっしゃっていました。若者達との日々の交流も深く、とても楽しそうなシニアシングルライフ。

が、「とはいえ」と思った人は多いことでしょう。中尾さんをはじめ、楽しそうなシニアシングルライフを送る人々は皆、一定以上の資産をお持ちと見受けられた。家族がいなくても、お金さえ持っていれば孤独死を避けられるというのはまぁ、私にでもわかる。皆が本当に知りたいのは、「資産無しでも孤独死を避けるには」という問題なのではないか。

「孤独死」という言葉もまた、問題が多いように思います。「孤独死を吹き飛ばす」という番組のサブタイトルからもわかる通り、孤独死とは「忌避すべきもの」として今、認識されています。一人で死ぬほど不幸なことは無い、人は誰かに見守られて死んで初めて人生を全うするのだ、という意識がそこにはある。

特に日本において強いのは、「人は子供に看取られて死んでナンボ」という意識でしょう。子供は親の死に目にあってこそ、子供の役割を果たしたことになる。そして親は子供に看取られてこそ、親の面目を施す、というのが古来よりの日本人の感覚。だからこそ世の子無し族の人々は、「看取られない死」すなわち孤独死の恐怖に怯えるわけで、孤独死は「吹き飛ばす」べきものなのです。

が、この少子社会が進めば、「子に看取られる最期」というのは、恵まれた人の特権となり、血縁以外の人に看取られる人もどんどん増えるはず。それは介護にしても同じと思われますが、老いて後、非血縁の人々の助けを上手に受けられる仕組み作りが必要なのだと、強く思わされたことでした。

その二日後。朝テレビをつけたらNHKの番組で、「独身きょうだいに不満」という文字が。これも、一目見ただけで「私のことだ!」とピンときましたね。

「あさイチ」という番組におけるこの特集、つまりはきょうだいの中に既婚者と独身者がいると、独身者の老後や経済面での面倒が、既婚者の配偶者やその子供にかかってくるのではないかという「不満」についての特集だったのです。

私も、兄は既婚・子持ちの身。将来のことを考えると、私が死んだ時の処理をするのは兄一家の誰かということになり、私が長生きをすれば、負担は姪にかかってくる公算が大。

今はまだ小さい姪っ子に対して偉そうな私ですが、そのことを考えると内心、彼女に対して申し訳なくて仕方がありません。世の親達は、自身の老後について「子供に迷惑をかけたくない」とよく言いますが、姪であれば尚更のことなのです。心の中では「本当にご迷惑をおかけします。なるべく早く死ぬようにするからねぇ」と、姪につぶやいている。

しかし、このようにわずか数日の間に「単身高齢者の困った問題」が連続してテレビで取り上げられると、さすがの私も考えさせられます。元気なうちは、負け犬だ何だと、ちょっと笑い物になってさえいればよかったけれど、もっと年をとったら、社会にとってもそして身近なきょうだいにとっても迷惑な存在になっていくのだ、と。

看取り要員がいないという意味では、独身者のみならず、子無し既婚者も同じ恐怖を抱いています。「老後は、協力し合いましょう」と話し合うことが多い昨今、とりあえずは仲の良い者同士が近くに住むことから始めているのでした。

……が、友達の中でも一番長生きしたらどうしよう、という恐怖も頭をかすめます。おひとりさま向けサービスが多様化する今ですが、自分で自分を火葬して墓に入れるサービスがあったら、大ヒットする気がしてなりません。

殴る陶酔、殴られる陶酔

体罰問題について、連日の議論が続いています。私も周囲の人に、

「体罰って、受けたことある？」

と聞いてみると、「ある」という人が、とても多い。運動部に入っていた男性の場合は、特に中年世代ではほぼ全員、何らかの体罰を経験しているようです。

中には女性でも、体罰経験者がいます。

「バスケ部だったんですけど、気合いの入っていないプレーとかすると、先生からぶたれましたねぇ。でも当時はそれが自然で、何とも思っていなかった……」

と言うのは、まだ三十そこそこの女性。

私は、女子生徒に手を上げる先生がいるということだけで仰天するのですが、さらに驚くのは、

「でもその先生の場合は、殴ってもそこに愛情があるっていうのがわかったので、みんな我慢できたんですよ」

という発言。

私はそこでも、ポカンとするのです。私は、親からも先生からも殴られたことがなく、かつ自分に子供がいないので、子供を殴ったこともない。従って、「愛情が感じられる殴打」というものがどのようなものかも、さっぱりわからないのです。

「何それ？　ＳＭにおける鞭打ちみたいな感覚なわけ？」

と問うと、

「いやそうじゃなくて、前後の経緯とか先生の表情から、『ああ、本当に私達のことを思ってやってくれているんだなぁ』っていうのが、わかるわけですよ」

と、彼女。いや、わからんなぁ。

体罰現場を目撃したことは、何度もあります。大学の体育会に所属していた時代、試合で失敗した者はいつも、ＯＢ達から手ひどく殴られていました。我々女子のことは殴らないでいてくれましたが、いつも隣で殴られている男子達が可哀想で、心底嫌な気持ちになったものです。きっと軍隊はこんなであったのだろうな、と。

今はもう、その手の行為は無くなっているとのこと。今時は、そんなことをしたら親御さん達が黙ってはいないわけで、みるみる部員が減って部が存続しなくなってしまいます。極めて紳士的になったのだと、聞きました。

体罰現場を見ていた頃に思っていたのは、体罰を行う人は、ある種の陶酔感に身を任せている、ということです。部員をずらりと並べて端から殴っていく人は、舞台の上の俳優のように、どこかウットリしていた。「この残虐な行為を、俺はお前達のために、あえて行っているのだ。殴られる方も痛いだろうが、殴る方はもっと痛いのだ」と言うかのように。

残虐行為というのは、確かに人を酔わせる一面を持っているようです。行っているうちに、「相手のため」という言葉を借りて、殴られた人が恨めしそうな顔をすればするほど、残虐さはエスカレートしていく。

体罰横行の背景には、「痛みに耐える文化」も、あるような気がします。たとえば出産においても、欧米では麻酔をじゃんじゃん使って無痛分娩するのが一般的なのに対して、日本ではまだまだ激痛分娩が多い。「痛みに耐えて産んではじめて、母親としての本物の愛情が生まれる」「無痛分娩なんて、母親としての覚悟の薄い人がすること」といった感覚がまだ、あるそうなのです。

無痛分娩で産んだ人もちゃんと、愛情深く子育てをしています。私はなぜ、日本女性達が麻酔無しの手術のようなことをしなくてはならないのか、さっぱりわからないのですが、先輩女性達が「私達だって痛みに耐えたのだから、あなた達も耐えなさい」と思っているのではないかという気がしてならない。

　AKB48の峯岸《みねぎし》みなみさんが、禁止されている男女交際がばれたということで坊主頭になっていましたが、それも「自分で自分に痛みを与える」という行為でしょう。日本には、痛みに耐えることによって「真剣」（マジ、と読みますもちろん）である ことを相手に伝えるという風習があります。江戸時代の遊女達は、思う男に対する一途な思いを証明するために、髪を切ったり、爪を剥いだり、時には指を切ったりということをしていました。もちろん、髪→爪→指と、真剣さの度合いはアップしていくわけで、遊女の真剣具合を見て、客はグッとくるのです。それは、客をひきつけるための手練手管《てれんてくだ》でもありましたが、さらにエスカレートすれば、刺青《いれずみ》や心中といった行為にもつながっていく。

「痛みや肉体の一部欠損に耐えるほど、私は真剣なのである」ということをアピールする、遊女達の行為。峯岸みなみさんが坊主頭になったのも、心情的には遊女達と共通するのではないかと思われます。

　遊女達の髪切りが手練手管の一種でもあったように、峯岸さんもしたたかであればまだいいのですが、本当に「真剣」だとするならば、うすら寒い思いもするのでした。そして殴られても「愛情が伝わる」と思った女子達も、「痛みに耐えることが真剣さの証」と、思い込もうとしていたのではないか。

殴る方がウットリしていたのであれば、殴られる方も「ウットリしなくてはならない」と思い込んでいるのかもしれない、体罰の現場。しかし肉体の痛みというのは痛みでしかないのであって、本来陶酔できるものではない。痛みに弱い私としては、痛みに耐えることが何かの証明になる、という現象の撲滅を、願ってやみません。

負け犬、十歳になりましたワン！

AKB48好きの若い友人が、

「AKBの伊豆田莉奈《いずたりな》って子が、テレビで負け犬について発言して、結構叩かれてましたよ」

と教えてくれたのでした。伊豆田さんという子も、その負け犬発言についても知らなかった私は、

「なになに、それ？」

と聞いてみると、何でも伊豆田さんはテレビ番組において、

「世間で三十歳とかって負け犬って言うじゃないですか。負け犬とか言われる前に結婚したい」

的な発言をしたとのこと。伊豆田さんは十七歳ということで、「そりゃそう思うわな」と私は思った。

しかし、その番組に出ていた大人のタレント達からは、

「十七歳で何が勝ってるのよ⁉」

などと突っ込まれ、さらにはネットでも炎上気味となったらしい。

ＡＫＢ好きの友人は、

「でもその発言って、酒井さんの『負け犬の遠吠え』に書いてあることをただ引用しただけですよねぇ。それなのに叩かれて、ちょっと可哀想」

と言っていた。私も、

「本当にねぇ。ただまぁ、負け犬本人が言うならともかく、十七歳のアイドルが言うと、刺激が強いのかもねぇ」

などと言っていたのです。

家に戻ってその件に関して検索してみると、なるほどたくさんの情報が出てきました。どうやらその番組は、ＡＫＢメンバーと、四十代以上の熟女タレント達のトークバトルのような構成だったらしい。

そして私はしみじみと、「あれからずいぶん時間が経ったものじゃ……」と、遠くを見つめたのです。『負け犬の遠吠え』という本が出たのは二〇〇三年。つまり、十年も前のこと。その本の冒頭で私は、確かに、「負け犬とは……」として、

「狭義には、未婚、子ナシ、三十代以上の女性のことを示します」

と書いている。つまり伊豆田さんの発言は、決して間違いではないのです。

しかし十年の間には、ずいぶんと状況が変わりました。十年前は、三十代で独身というと負け犬感が漂ったかもしれないけれど、今となっては三十代前半で独身という人など、ごく当たり前。負け犬の定義を、「三十五歳以上で独身」に改訂した方がいいのではないかという気も、しております。

幸いにして（不幸にして、か？）「負け犬」という言葉は流行し、当時は「負け犬」というと、「そういう人のこと」という意味がよく通じたものです。最初は、

「負け犬だなんて、失礼しちゃうわねぇ」

と言っていた負け犬の皆さんも、次第に、

「私達負け犬としてはさぁ」

などと、楽しくこの言葉を使って下さるようになった。

しかし十年経つと、その手の意味もぼやけてくるものです。そんなところに、十七歳のアイドルが、

「三十歳独身は負け犬」

などとテレビで発言してしまえば、そりゃあ熟女タレントさんや一般視聴者の方々は、カチンとくることでしょう。

負け犬ブームとなった時、私は「日本も少しは変わるのかも」と思ったものでした。当時の若い女性達は、今の伊豆田さんと同様に、

「負け犬とかって言われる前に、結婚したい！」

と、急いで結婚しようとするように。一時は、二十代の人が皆さっさと結婚していく様子に、

「日本の晩婚化や少子化は、本当に改善されるのではないか？」

「我々が取り残されるのは寂しいけれど、日本の未来のためならば、喜んで時代の捨て石になろう！」

などと言っていたのです。

しかし、出生率を見てみると、『負け犬の遠吠え』出版の二年後すなわち二〇〇五年には、上がるどころか、過去最低の一・二六に。さすがに底を打ったのか、二〇一一年には一・三九まで微増したものの、国の存亡にかかわる最低水準からは全く脱していません。そして平均初婚年齢も、十年前と比べて確実にアップしているのです。

その手のデータを見て、私は思うのでした。十年前、

「私は負け犬とかって呼ばれたくないんで〜」

と言っていた二十代達は、何をボーッとしていたのか、と。十年前は二十代で今は

三十代となった独身女性に話を聞いてみると、

「いや、二十代で結婚する気は満々でしたけど、良い条件の男性は、猛禽類のような女性に早々とかっさらわれてしまい、残っているのはどうにもグッとこない男性ばかりで……」

と言っている。

なるほどねぇ、と私は思いました。「負け犬と呼ばれたくない」という人は、「誰でもいいから結婚したい」と思うわけではなかった。「負け犬になりたくない」という心理によって、良い条件の男性に多くの女性がガッと群がるという椅子取りゲームの競争が激化し、握力の弱い女性はその競争から脱落。かといって、親や職場がお見合いというセーフティネットを用意してくれるわけでもないので、

「十年前はどこかで他人事だと思っていましたが、私もあっという間になってしまいましたよ、負け犬に」

という事態になったのです。

そんなわけで、「負け犬と呼ばれたくない」と言う伊豆田さんも、三十歳になった時に勝ち犬になることができるかどうかは、危ういところ。歌やダンスのみならず、握力の鍛錬も欠かさない方がよいのではないかと、老婆心ながら思っているのでした。

雪国の絶対領域

例年、厳寒期に雪見列車で一人旅をしている私。今年も、新潟↓山形↓福島を巡ってきました。ちょうど寒波が来ている時で、車窓の景色は雪また雪。乗り継ぎ時間を駅前の喫茶店でつぶそうとしたら吹雪でホワイトアウト、駅前で遭難しそうになったりしつつ、雪国感をたっぷり味わってきました。

旅をしている時に私がいつも気になるのは、各地の女子高生の下半身事情です。と言っても、異性との交遊についてではありません。彼女達が制服の下半身をどう着こなしているか、という問題。

なぜこのことが目につくかと言えば、地方の列車に乗っているのは、お年寄りか高校生だけだから。大人達は皆、車で移動するのです。

女子高生の下半身事情には、お国柄が出ます。短めスカートにハイソックスというのが今の東京スタンダードですが、地方によっては、昔のズベ公（という人たちがいましたね）のようにスカート丈を長めにする子が多い土地があったり、ハイソックスより短い、微妙な丈の靴下が流行っていたり。列車内で女子高生の下半身をじろじろ見ても怪しまれないという点で、いつも「女でよかった」と思います。

今回の雪国旅においては、改めて「雪国女子高生の矜持《きょうじ》」を見た私。雪国出身の友人から、かねて「寒い地方の高校生の間では、厚着はダサいとされている」という話は聞いておりました。寒いからといって学校にダウンなど着ていっては馬鹿にされるのだ、と。

そして今回、新潟の豪雪地帯の駅で高校生達に会った時も、彼等はやはり、コート無しでした。天候は、吹雪。気温はおそらく、氷点下。私は、自分が持っている服の中で最も暖かいものを着込み、帽子と手袋、そしてホッカイロという厳重装備をしてもまだ、寒い。

しかし地元高校生は、ブレザーの上に何も着ていないではありませんか。ブレザーの下にセーターを着ている子はいますが、それすら着ていない子も。

その日は吹雪でしたので、さすがの彼等も、

「さみ〜っ！」

と言いながら列車を待っていたのですが、「そんなに寒いならコート着ればいいじゃん」と思うのは、老婆心というものなのでしょう。彼等には、どんなに寒くても

「厚着なんてするものか」という若者としての意地があるのではないか。

とはいえ、女子の場合はスカート一枚では無理があります。そして彼女達が、どのように下半身の防寒をしているかに、個性があらわれるのでした。

一般的なスタイルは、スカートの下に黒タイツをはき、スノーシューズという出で立ち。真面目そうな女子は皆、このスタイルです。時にはロングブーツタイプのスノーシューズの子もいて、ちょっと大人っぽく見える。

対して、少しやんちゃなギャル系の子は、スカートの下にだぼだぼのジャージをはいているのです。ジャージをはいているのでスカートはうんと短くしていて、もしジャージが無かったら半ケツ状態という短さ。

ギャル系の子の方が露出度は高いのでは、と思うかもしれませんが、スカートの下のジャージというのは、ヤンキー性のあらわれのような気が、私にはしました。ヤンキー的若者は、古来より「末端を肥大化させたい」という欲求を持っています。ひさしの長いリーゼント、ドカンズボン、ルーズソックス、そして盛り髪等、彼等は肉体の末端部を極端に肥大化させることによって、自己のアピールとしたのです。

スカートの下のジャージも、ボンタンやルーズソックスとシルエットが似ています。足元でたるんだジャージのだぶだぶ感が、彼女達にとってはアピールポイント。

新しい下半身スタイルも、見かけました。だぶだぶジャージをはいたギャル系女子と一緒に駅にいた子は、豹柄《ひょうがら》のフリース毛布を、腰に巻いていたのです。それはパッと見、豹柄のロングのタイトスカートのよう。上半身は制服のブレザーなので、その姿は一種異様です。その上、毛布は背面まで回らないらしく、後ろから見ると脚が出ているという、化粧回し風。斬新なスタイルに「ほほう」と思ったものでした。

中には、タイツもジャージもはかず、ミニスカートにハイソックスのままという猛者《もさ》すらいました。彼女の絶対領域は、寒さのあまり赤まだら状態。そういえば前、極寒の青森を旅した時も、彼の地の女子高生達は、赤まだらの絶対領域をむきだしにしていましたっけ。

東京の女子高生は冬、普通にコートを着ています。雪国の女子高生より寒さに弱いこともありましょうが、そもそも「寒さに耐える矜持」が雪国より弱い。寒い土地の高校生ほど、薄着の価値は高まるのです。

旅の最後に立ち寄ったのは、福島。福島の友人に話を聞くと、

「そういえば会津の女子高生は、福島市の女子高生より、グッとコート着用率が低い！」

と言っていました。会津の方が福島市より寒くて雪も多いわけですが、やはり寒ければ寒いほど、高校生はクソ意地を出すものなのか。それとも、大河ドラマですっかり有名になった山本八重を生み出したお国柄、「寒さなどに負けぬ」という思いが、彼女達を薄着にさせるのか。「そういえば私も、高校生時代は真冬も絶対領域まる出しで街を練り歩いたものじゃが……」と私は遠い目をするわけですが、あの頃に「なにその寒々しい格好！」と言い捨てていた母親の年齢に、既になっているのでした。

高齢者は金次第、若者は顔次第

ご近所の奥様方、とはいってもアラウンド70の皆さんにお茶の会に誘われ、行ってきました。素敵なリビングルームで、サンドイッチやお菓子やらをいただきながらの、おしゃべりタイムです。

その奥様方は、私の母にとってのママ友。私も子供の頃からお世話になっていた方々なのであり、皆さんとてもお元気です。

そんな中、

「順子ちゃん、私達のあいだでは今、○○園に申し込むのが流行っているのよ」

という話が出てきました。○○園というのは、同じ区内にある、総合的なお年寄り向けの施設。広大な敷地の中に、特別養護老人ホーム、養護老人ホーム、軽費老人ホーム、ケアハウス、高齢者向けの病院……と、多くの施設が揃っています。私もその存在は知っていたけれど、母のママ友達が、既にそこに申し込んでいたとは少し驚きでした。

「だって○○園って、すごくきれいで、そんなに高くもないのよ。皆で入れば、今ここでしているおしゃべり会を、そのままあちらでもできるってことでしょう？」

と、奥様はおっしゃる。

なるほど、確かにご近所のお友達が一緒であれば、コミュニティもほとんど変わらずに過ごすことができます。

「それいいですね！」

と、私も興味しんしん。

調べてみるとその施設は、何でも大正時代、関東大震災の被災老人達を救済するため、皇室からの御下賜金を含めた義捐金を基に設立されたとのこと。歴史のある施設であるからこそ、広い敷地を確保できているのか……。

ただ、それだけ良い施設だけに、やはりとても混んでいるのだそう。

「何年か前に申し込んだ時は、何と十六年待ちですって言われたわ。『その時まで、お元気で！』ですって。老人ホームに入るのも、健康第一なのよ」

とのこと。そんなに待つのであれば、六十歳になったら申し込んでおこうかしらん、と私は計算したのです。

さすが主婦の皆さんは良い情報をご存知だわ……と思いつつおいとました私は別の

日、また耳寄りな老人施設情報を聞きました。知り合いのお母様が入っている、とある高級老人ホームは、介護職員さん達が皆、イケメン＆美女だというではありませんか。お年寄り達は、イケメン＆美女達に、日々気持ちよくお世話をされているというのです。

さらにその施設では、お気に入りの介護職員さんと一緒に、旅行ができるとのこと。介護職員さんを指名し、世話をしてもらいながら一緒に旅行。……って、最高ではないですか。

とはいえもちろん、旅先で宿泊する部屋は別々です。中には「心配だから同じ部屋に寝て」などと言うお年寄りもいるそうですが、それはしないらしい。

しかしお年寄り達も、人生の終盤になって、好みのイケメンやぴちぴちの若い美女と一緒に旅行ができるというのですから、さぞかし楽しいことでしょう。端《はた》から見れば、その姿は祖父母と孫でしょうが、お年寄り達は恋人気分で、うきうきと旅をすることができるに違いない。

日頃の介護にしても、あまり好みでない外見の人にしてもらうよりも、美男美女にしてもらう方が、嬉しいに決まっています。介護は肉体と肉体が接触する行為ですから、外見の問題は意外に重要かも。好みの相手であれば、介護してもらう度に気持ちに張りが生れ、元気になってくるような気もします。

そんなお話を聞いて私は、「介護の現場もお金次第」と思ったことでした。地獄の沙汰、および医療現場が「お金次第」であることはよく知られていますが、介護を受けるにあたっても、お金を持っている人は、好みの若い子と一緒に旅行までできるのです。

反対のことも、言うことができます。介護職につく人々というと、心の優しい若者という印象がありますが、その中でも「顔のいい人」は、その手の高級老人施設に就職することができ、お給料も良いということになる。時には、お年寄りの世話をしながらにはなるけれど、仕事の範疇《はんちゅう》で旅行に行くこともできる。大人にとって世の中は「金次第」かもしれませんが、若者にとっては、介護現場すら「顔次第」。

特にこれから、イケメン介護職の需要は高まることと思います。日本の高齢化はどんどん進むわけですが、平均寿命の男女差を考えると、高齢者の多くは女性なわけで、老人施設はほとんど女子校状態なのです。その時、求められるのは、イケメン職員ということになる。

特に、今の七十代以下の世代は、韓流ブームの洗礼を受けたイケメン好きですから、介護職員がイケメンであったら、どんなに喜ぶことか。介護職員は常に不足していると言いますから、今後は海外からイケメン介護職の人達に来てもらうような施設も、出てくるかもしれません。

私が後期高齢者になる頃には、世の中には様々なタイプの老人施設が登場していることでしょう。特に我々世代は、「いつまでも現役。意地でも老いない」という美魔女の方々が多い。そんな美魔女達が老いて美魔老女となった時、彼女達を満足させるような施設はどのようなものなのか、楽しみなような、怖いような気がしているのでした。

ゲイと我との共通点

「この前、NHKに抗議の電話をしたんだ」

と、ある男性が憤っていました。何がそんなに腹立たしかったのかというと、

「NHKの番組に、おねぇタレントが出てたんだよ。うちの息子が影響されて、ゲイになったらどうしてくれるんだ。民放ならともかく、公共放送にそういうタレントを出すべきじゃないだろう」

ということなのだそう。私はそれを聞いて、「男の子のお父さんって、そういうことを心配してるの！」と、びっくりしたのです。

しかしそれを言うなら、この前の紅白歌合戦には美輪明宏さんが出て「ヨイトマケの唄」を歌ったわけで、それに対しても彼は抗議をしなくてはならないことになる。

「でもあれはほら、芸能の世界っていうか……」

ともごもごしていましたが、とにかく彼は、公共放送に性的にストレートではない男性が出てきたことが、我慢ならないらしい。

息子を持つ母親というのは、「息子がゲイに」という可能性に対して、それほど嫌悪感を示さないようです。私の友人も、

「うちの息子、ちょっとその気《け》があるかもしれないけど、そうなったらそうなったで楽しいかな。老後、二人でお洋服のこととかネイルのこととか、ガールズトークできるわけでしょ？　ゲイとはいえ男だから、力仕事もやってくれるだろうし」

と言っていた。息子を恋人視する母親にとって、息子が他の女にとられないという状況は、案外いいことなのかも。

しかし父親にとって、「息子は恋人」ではありません。

「息子がどんなにブスな恋人を連れてきても許せるけど、男同士っていうのはなぁ……」

と、件の男性は言っていました。

様々な性的嗜好の人が認められている今、なぜＮＨＫに電話するほど「息子のゲイ化」が心配なのかと尋ねると、

「男と男が付き合ったたって、絶対に子供はできないだろ。だからダメなんだよ」

と、シンプルな答えが。なるほど、確かに彼は子だくさん。「子孫繁栄」が人間が生きる上での第一義、という考えでしょう。息子の嫁がどれほどブスであろうと許せ

るのは、それが子宮を持つ女だから。子宮に貴賤《きせん》無し、というわけです。

私は、それを聞いて新鮮な気持ちになりました。晩婚化・少子化が進む現代日本、特に大独身都市と言える東京に生きていると、「子供は、いてもいなくても」という感覚になりがちです。

「人間、子供を産んでナンボ」

とか、

「跡継ぎはどうするんだ」

といった発言は、人道的にいかがなものか、という空気もある。そんな中で、「ゲイは子供ができないからダメ」という発言は、シンプルにして力強かった。

結婚していない大人の女性とゲイは相性が良いものと、古来言われております。負け犬ストーリーの金字塔「セックス・アンド・ザ・シティ」や「ブリジット・ジョーンズの日記」でも、主人公達はゲイの親友を持っていて、一緒にパーティーに行ったり愚痴《ぐち》を言い合ったりしている。

負け犬とゲイは、確かに嗜好が似ているのです。お洒落や美味しいものが好き、刹那的な楽しいことも大好き……、と。しかし私は、NHKに電話した男性の発言を聞いて、ハタと思いました。「負け犬とゲイを結びつける最大の共通点、それは『子孫を残さない』ことなのだ」、と。

男女の違い、はたまたホモセクシュアルとヘテロセクシュアルの違いを乗り越えて、ゲイと負け犬が親密化するのは、互いが「自分の遺伝子が継がれることはほぼ、無い」と踏んでいるから。人間、長所やプラスのポイントが似通っている人との友情よりも、欠損点が共通している人との友情の方が深くなりがちなもの。ゲイと負け犬は、「子孫を残さない」という、もしかすると人間にとって最も大きな哀しみを共有することによって、強固な連帯関係を結んでいるのでしょう。

そしてヘテロセクシュアルでマッチョな父親は、息子がそんな哀しみを抱くことを、心配している。息子が子孫を残さないということは、自分の子孫が残らないことでもあるのですから。

「子孫を残さない」側の人間としては、子孫を持つ人々のそういった恐怖が、実感としてよくわかりません。おねぇタレントの皆さんのトークをテレビで聞くのも、大好き。

先日は、性同一性障害の方と初めてお会いする機会がありました。その方は、女性として生まれたのだけれど自分の性がどうしてもしっくりこなくて、今は男性として生きている。見た目も声も男性そのもので、とはいっても元は女性というだけあって、女心もわかるし、とてもジェントルで優しい。

「でも自分、実は女子大出身っていうオチがあるんすけどね」

と笑う〝彼〟はパートナーの女性と一緒にいらしたのですが、「こういうおつきあいも、あるかもね」と思ったことでした。

子孫が続くのは素晴らしいことではあります。が、子孫を持ってしまった人々は、「子孫断絶の恐怖」と、ずっと戦い続けなくてはならないのだなぁと、改めて知った私。孤独死の恐怖か、子孫断絶の恐怖か。いずれにしても人間、そうそうラクには生きられないものなのですね。

「学び」と「気づき」

フェイスブック（以下、ＦＢ）などＳＮＳ上では、個人の資質が意外なほどむき出しになるため、「えっ」と思うことがしばしばあります。

たとえば、息子の通知表をいつもＦＢ上で公開するお母さん。息子さんは名門校に通っていて、またその成績はいつもすばらしいわけですが、見てはいけないものを見たような気分になる。

若い人は、恋人と一緒にいる写真を公開しています。一緒にディズニーランドにいる写真に、

「祝一周年！　よくもったな〜」

などと書いてあったりして。

こちらとしては、老婆心ながら「明日別れるかもしれない人との交際写真をネット上にアップしてしまっていいのか？」と心配になるのでした。昨今、若者が犯罪にかかわると、被害者であろうと犯人であろうと、ＦＢ上の写真がニュースに流れるも

の。そしてFB上の写真というのはたいてい楽しそうなのであって、「こんなに無邪気に笑っていた人が今は……」と、見る者の哀れを誘うことになる。

だからこそ交際写真をアップしている人を見ると、私の老婆心はかきたてられるのです。「痴情のもつれでどちらかがストーカーと化して殺人、なんてことになった時、このディズニーランドの写真はいいように使われるだろうよ」と。

子供の通知表も交際中のカップルの写真も、何か生々しいものを見せられたようで、ちょっと腰が引ける私ですが（とはいえ面白いので見ずにいられない！）、「仕事大好き中年」みたいな人の、FB上における仕事に対する意欲の吐露、みたいなものにも、同じような生々しさを感じるのです。

彼等の発言の中でも、特に背筋がゾクッとする言葉があって、それが「学び」と「気づき」。いつの間にそういった言葉が流行ったのか私は知らないのですが、どうやら仕事にまつわる自己啓発に熱心な人の間で使われている言葉らしい。

「自分の能力に自分で限界を作らないこと、それが今日の学び」

とか、

「今日も大切な気づきをもらった」

みたいな書き方がされているのですが、これって今のビジネスシーンではよく使われる言葉なのだろうか。

言葉としての気持ち悪さの背景にあるものは、何となくわかる気がしたのです。たとえば、「ふれあう」という動詞を「ふれあい」とした時に、もや〜っと発生する気持ち悪さと同様のものが、そこには漂っている。

動詞を名詞化した言葉が全て気持ち悪かったり恥ずかしかったりするわけではありません。「走る」が「走り」となって、アスリートが「今日も良い走りができました」と言っても、別に気持ち悪くない。「笑う」が「笑い」さらには「お笑い」となり、一つの演芸ジャンルをあらわすことになっても、恥ずかしくはないのです。

「ふれあい」「学び」「気づき」系言語に対するもやっと感というのは、してみると「実体がつかみにくいものを、名詞化することによってさも目に見えるかのように扱う」ことに対する気持ち悪さなのかも。

「ふれあい」は便利な言葉で、「ふれあい広場」とか「ふれあいホール」的なものを自治体はつくりがちです。しかし「ふれあい」とは肉体的ふれあいでなく、精神的なそれを意図する言葉なわけで、目に見えなければ、測定することもできません。それを「ふれあい」という言葉によって皆が見えるフリをするその感じが、こそばゆい。

「学び」「気づき」に関しては、そこにさもしさのようなものも漂います。

「今日は、……を学びました」

「……なのだと、気づきました」

でいいはずなのに、「学び」「気づき」を「もらった」としたがるのは、「名詞化することによって、自分の中に目に見える形で貯めていきたい」という欲求があるのではないか。さらには、「もらった」とすることによって、他者との「ふれあい」も発生したと主張できる。

彼等は「学び」「気づき」を動詞で語ると、経験が蓄積されないように思うのでしょう。「学びました」「気づきました」は、そのまま流れていくのです。対して「学び」「気づき」は、ポイントのように貯めることができる、ような気がするのだと思います。それが、目に見える成果を求める仕事好きな人には、グッとくるのではないか。

しかし、FB上で「学び」「気づき」を連発する人を見ていると、学びや気づきが多すぎて、一ヵ月前の学びや気づきは既に忘れてしまっているのではないかという気もするのです。まるで、ショッピングポイントを貯めることにがっつくあまり、有効期限が過ぎていたり、使うことを忘れてしまう人のように。

とはいえ「学び」「気づき」をSNS上で連発する人というのは、「ポイントを貯めている自分」を他人に見てもらうこと自体が、嬉しいのでしょう。彼等にとっては、学びや気づきを「もらう」瞬間こそが幸福の絶頂で、それを生かすことは割とどうでもいいのではないか。

いずれにせよ、「学び」「気づき」連発系の人は、至って真面目で良い人なのです。ちょっと不器用で出世は遅いかもしれないけれど、いつも向上心を持って仕事に取り組んでいる善人。

……なーんてことが見えてしまうSNSって本当に怖いなと思うので、何も書けない私。黙って見ているだけの人の方が、よっぽど悪人です。

葬式鉄、渋谷に集合

その日我々は、都内のとある店でホットケーキを食しておりました。そのホットケーキは、ちょっと特別なもの。わざわざ食べにやってきたのです。

神田須田町の果物店「万惣《まんそう》」が閉店したのは、昨年のこと。万惣のフルーツパーラーでは、池波正太郎も愛したという、銅板で焼くホットケーキが名物でした。

そして万惣の閉店後、従業員さんの一人が、銅板を譲り受けてホットケーキの店を開いたというではありませんか。あの味はもう食べられないのかと思っていたので、復活を祝して食べに来たのです。

約一年前のある日、万惣の閉店が決まったと聞いて、ホットケーキ好きの我々は、ラスト万惣を味わうべく、須田町へと赴きました。そう考えていたのは我々だけではなく、ホットケーキにありつくことができたのは、列に並んで二時間後のこと。

今回、ホットケーキを食べに来たのは、その時の面子《メンツ》です。万惣とは異なるお店の雰囲気ではありますが、「なつかしい味だ……」と、ホットケーキを堪能したのです。

ちょうどその日は、東横線が副都心線との直通運転を開始する前日でもありました。すなわち、東横線の渋谷駅がターミナルとしての役割を終える日。ホットケーキ好きの我々は、実は鉄道好きでもありました。ホットケーキを食べ終えた後、

「せっかくですから」

「行ってみますか」

と、渋谷へ。

もうすぐ廃線になる路線や、引退する車両を最後に見ておきたい、乗っておきたいと集う人々を、鉄道業界では「葬式鉄」と言います。言い得て妙なネーミングなのですが、ホットケーキメンバーの一人であり、濃厚な鉄でもある男性は、

「僕は葬式鉄はあんまりやらない方だけど、でもやっぱりこれは見ておきたいなぁ」

と、つぶやいております。

考えてみれば、ラスト万愡へと我々が赴いたという行為も、いわば「葬式万愡」なのです。鉄道に限らず、何かが終ってしまう時、人は「最後にもう一回だけ」と思うもの。

到着した東横線渋谷駅は、大変な人でごった返していました。お祭りか、というく

らい。……と言うよりそれは、本当にお祭りだったのでしょう。明らかに鉄と思われる、立派なカメラで写真を撮りまくる人もいれば、普通の人々も「せっかくだし」と、立ち止まって写真を撮る。中には、どさくさにまぎれて、東京女学館の制服姿の女の子込みで写真を撮る人もいますし、そんなてんやわんやの状態を撮るためにテレビクルーも出動している。警備員さんもそこここに……と、葬式鉄祭と言っていい状況です。

葬式鉄と言うと、たとえばローカル線が廃線になる時であれば、普段はのどかな田舎町に突然人が大量に押し掛けたりするわけです。また、新幹線のある車両が引退という時は、東京駅の新幹線ホームが大変なことになったりする。

しかし、若者の街・渋谷がこれほどの葬式鉄祭の様相を呈するのは、かなり珍しい事態なのではないか。通りがかりの人も巻き込んでいるので、日本最大規模の葬式鉄祭と言ってもいいかも。そういえば朝からテレビでも盛んに渋谷駅の様子を流していましたっけ。

「すごいな〜」

と、我々もその様子を眺めつつ「同じ阿呆なら……」と、写真を撮りまくっておりました。

さらには、

「あっちに行った方が、駅の全景が見える」

との鉄男氏の提案で、我々はヒカリエへ。確かにヒカリエからは、東横線渋谷駅がよく見えるし、人も多くありません。ああ、あの頭端式《とうたんしき》のホームが好きだったなぁ。何だか最近、色々な路線同士が直通運転を始めてしまって、便利かもしれないけれどどこか寂しいことであるよ。

……などと感慨にふけっている時、目の前に突然登場したのは、鉄道好きとしても知られる大学教授、H氏ではありませんか。

「どうしたんですかHさん！」

と問えば、

「どうした、って……。見に来たんですよ」

と、ややバツが悪そうにH教授。葬式鉄ではなくとも、これほどの葬式鉄祭はちょっと見ておきたい、というのは皆同じらしい。

H教授と合流した我々は、ヒカリエからの景色を堪能した後に、渋谷駅とヒカリエの間にある歩道橋へと移動しました。

「ここからだと、駅が同レベルで見られるんですよ」

ということで、しばし渋谷駅を発着する東横線の様子を眺める。

このポイントも大人気で、普段では考えられないほどの人数が歩道橋に留まって、写真を撮っています。関西から出張でやってきたとおぼしき男性は、

「な、なんやねん、これ？　どうしてみんな、写真撮ってるン？」

と、実に不思議そうに言っています。普通の駅や車両に人々が群がって写真を撮る様子は、確かに知らない人からしたら異様な状況でしょう。

「しかし、このまま人が増えたらこの歩道橋、倒れそうですよねぇ」

「今日の終電は、大変なことになりそうだ」

「今日の最終を見送ってから渋谷で時間をつぶし、明日の始発に乗るという猛者もいるそうです」

などと語り合いつつ、我々は解散。かりそめの葬式鉄達は、お通夜の後のように、静かに別れていったのでした。

桜が見えるレストラン

毎年、「桜が見える店」に行って、花見の食事をしています。上野公園の中や目黒川沿いの店など、室内で食事を楽しみながら桜が見られるレストランは、けっこうある。花見といえば、桜の木の下にブルーシートを敷いて……というのが正しい姿かもしれませんが、冷え性の私にとって、桜の季節の夜に外で飲食など、苦行以外の何ものでもないのです。

今年は例年よりもうんと桜が早く咲いたので、

「もうすぐ満開だって。どうする？」

と焦った結果、同行者が今まで行ったことのない店を見つけてくれました。

が、その店の前まで行くと、どうも様子がおかしい。店が、地下にあるのです。

「地下だと……どうやって桜を見るんだろう？」

「中庭があってそこに桜があるとか？」

と、おそるおそる地下に降りてみると、中庭らしきものは見当たらず、室内の中央に桜の切り枝が飾ってあるではありませんか。

「桜が見えるって……」

「コレ？」

と、我々は口をあんぐり。

お店の人は、

「桜が見えるお席をご用意しました〜」

と、こちらが不満を述べる前ににこやかに先制します。

案内された席からは、確かに桜が見えました。切り枝の隣の席なのであり、花は間近にある。

「とはいえ、ねぇ……」

と、我々は飲み物のメニューを広げつつ枝を見上げます。

「この店、どうやって見つけたの？」

と同行者に問えば、

「いや、ネットで『桜が見えるレストラン』って入れて検索したら出て来たから、つい」

とのこと。

確かに私も、店の情報をネットで見た時「お花見もできます」とは書いてあったのだけれど、それがまさかの切り枝とは。とはいえ全くの嘘というわけでもなし、ネット情報というのは本当に当たり外れが大きいことよ……。

しかし我々は、気を持ち直して楽しく食事。帰りは近くの桜並木を二駅分踏破して、じゅうぶんお花見を堪能したのです。

考えてみれば今までも、様々なネット情報にガッカリしたことがあったものでした。お洒落セレブみたいな人のブログを読んでいて、その人が買ったという洋服などがとっても素敵に思えて、自分もポチッとネットショッピングしてみたら、届いた実物はネット上で見た時より全く素敵ではない上に自分に似合わずガッカリ、とか。

考えてみるとその服は、お洒落セレブが着るにはカジュアルすぎる物でもあったのです。人気ブロガー達は、ブロガーに対するマーケティングに取り込まれ、企業から提供された商品のことをいかにも「買いました」風に書いていたりするもの。「まんまとしてやられたってやつ？」と、似合わない服を手に、「今後の人生の糧《かて》としよう」と思ったことが何回か。

ネットは、「今すぐ、どうにかしたい」という欲求に応えてくれるものです。今すぐ、花見ができる店は無いかと思ったら教えてくれるし、今日「欲しい」と思った本を注文すれば、明日には届けてくれる。

「今、すぐ」という気持ちに余裕が無いからこそ間違いが起こりやすい、と言うこともできます。東日本大震災直後、都内の浄水場の水から放射性物質が検出されたというニュースが流れ、東京からペットボトルの水が消えたことがありました。大人は水道水を飲んでも平気ということでしたが、私も当時三歳の姪のため、焦りながらネットで水を探しまくったもの。

軒並み売り切れの、ミネラルウォーター。しかしふと、「在庫有り」の商品を発見したのです。見たこともない商品名だけれど「これだ！」と思って、即発注。よかった、と胸をなで下ろしました。

が、翌日にもう一度よく見てみたら、その水の説明に「超硬水」と書いてあるではありませんか。硬水とは、ミネラル分を多く含む水であり、癖のある味で、飲用や料理には適さないとされています。便秘解消のために飲む人もいますが、もちろん三歳児向きではないことは確実。

「だから売れ残っていたのかーっ」

と取り消そうとしたものの後の祭、しばらくは「便秘解消ってことで」と、まずい超硬水を飲んでいた私です。

震災後の水不足の折は、水だと思って、甲類焼酎・大五郎のペットボトルを買ってしまった人が続出した、という噂を聞いたことがありますが、せっぱつまった心理によって、人はとんでもないものを買ってしまうのですねぇ。

もちろんネットショッピングは、とても便利なものなのです。時には、思っていたよりずっと素敵なものが届いて「当たり！」と嬉しい気持ちになることもあって、そのほとんど賭博のような感覚がまた、楽しくもある。

旅行をする人の間では、シンガポールのマーライオンなど、「世界三大ガッカリ名所」が有名です。が、ガッカリ名所がある一方で、別の場所では意外な感動が得られたりする。ネット上においても、ガッカリ情報を摑むことがある一方で、時には意外なほど有用な情報を発見することもあるのであり、「七転び八起き、ってやつですなぁ」と、今もまだ残っている超硬水のペットボトルを眺めつつ、思っているのです。

歌舞伎座というテーマパーク

そうこうしているうちに、新しい歌舞伎座が完成。開場三日目に、行ってきました。

建物に一歩入って感じたのは、

「本当に建て替えたの？」

ということでした。正面入り口から入ったロビーの光景、絨毯や壁の色等が、びっくりするほど前の歌舞伎座と似ているのです。

外側は旧歌舞伎座を忠実に再現してはいても、きっと中に入るとガラスを多用したような、バリバリ今風の建築なのだろうなぁ……と覚悟して入ったのに、拍子抜《ひょうしぬ》けするほど前のまま。新湯《さらゆ》に入った時のように、肌にピリピリする感じが、全くありません。「へ〜え！」と、良い意味で期待を裏切られたような気持ちに。

しかし、もちろんそれは新しい歌舞伎座なのです。以前は存在しなかったエスカレーターが、三階席まで開通していて、夢のように楽ちん。そして以前は、三階のトイレといったら数も少ないし流れも悪かったのに、ちゃんと流れるトイレがたくさん並んでいるではありませんか。

客席の中に入ると、「ああ、本当に新しい建物なのだ」という実感が深まりました。私はいつも三階席で見ているのですが、一番後ろの席からも、花道七三《はなみち》がちゃんと見えるのです。

歌舞伎には花道がつきものであり、役者さんは花道を使って舞台への出入りをするわけです。「七三」といわれる場所は、舞台へと向かう、もしくは舞台から去ろうとする役者さんが立ち止まって、台詞を言ったりポーズをつけたりする重要な場所。以前の歌舞伎座、そして建て替え期間中に歌舞伎座の代役をしていた新橋演舞場では、三階席からは花道が全く見えなかったのです。安い席なので仕方がないのかもしれませんが、しかし安いとはいえそれなりの金額を支払い、人数的にもかなりのボリューム、そして大向こうさんなど通の観客も多い三階から、芝居において重要な役割を果たす花道が「全く見えない」というのは、どうなのか？　と、かねて思っておりました。それが今回は改良されて、大満足。

つまり今回の建て替えにおいては、旧歌舞伎座のイメージを限りなく忠実に残しながらも、機能的にはうんと近代的になっていたのです。旧歌舞伎座取り壊しの時には、ずいぶん反対の意見があったものですが、この仕上がりを見れば、皆が満足するのではないか。

それは、時代の趨勢《すうせい》なのかもしれません。やはり最近オープンして話題になった、丸の内のJPタワーも、低層部分は東京中央郵便局の旧局舎の外観を再現して「KITTE」という商業ビルとなり、その上に近代的なビルがそびえ立っている。KITTEのすぐ向かいにある東京駅丸の内駅舎も、赤レンガの建物を、昔のように復元工事したものであるわけです。

それは、古いものを躊躇なく壊してピカピカのものを造るのでなく、古いものの良さは残して機能のみ新しくする姿勢。その姿勢は、これからも日本で続いていくのではないか。

歌舞伎座の建て替え中にたくさんの役者さんが亡くなり、「歌舞伎座の呪い？」など囁《ささや》かれてもいました。が、舞台を見ると、長老の坂田藤十郎《とうじゅうろう》さんはとても八十代とは思えない踊りを見せ、また中村勘九郎さんは、まだ二歳の息子さんと一緒に登場。勘九郎さんの父である十八代目の勘三郎さんが不在であることは強く感じさせながらも、次の世代につながっていくことをも、印象づけたのでした。

歌舞伎見物というと、芝居を見るだけでなく、食べたり買ったりという事も含めての楽しみであり、つまり歌舞伎座というのは歌舞伎をテーマとしたテーマパークであるわけですが、飲食や物販の機能もまた、新しくなっています。今回は「せっかくだし」と、食堂で幕の内弁当を食べたのですが、歌舞伎の定式幕の色合いや歌舞伎座マークがそこここに使用されていたりして、とても楽しいお弁当です。

お土産物も、ガラリと変わっていました。資生堂パーラー、銀座千疋屋《せんびきや》、松﨑煎餅《せんべい》といった銀座の老舗《しにせ》が、開場記念のお土産物を売り出しており、パッケージもとても可愛くて、買い物欲が噴出。スヌーピーと歌舞伎のコラボグッズもある……などと、終演後も買い物に夢中になっていたら、もう次の回のお客さんが入ってくる時間になってしまいました。

今回の建て替えで、地下鉄の東銀座駅とつながって雨の日も濡れずに入れるようにもなったわけですが、地下の「木挽町広場《こびきちょうひろば》」はまた、お祭りをしているかのような楽しい空間になっています。長蛇の列ができているのは何かと見てみたら、フランスの「フォション」が、定式幕の三色がエクレアになった「エクレール カブキ」を期間限定で販売しているではありませんか。か、かわいい……。

このように土産物もまた、バージョンアップ。和のものは、デザイン一つで人の購買意欲を刺激する商品となるのであり、テーマパークにおける土産物の重要性に対する意識が、一段とアップしたように思われました。

新しい歌舞伎座をたっぷり堪能した私と友人は、近くの喫茶店に場を移して、感想戦です。

「勘九郎の息子、可愛かった〜」

「小山三《こさんざ》さんもお元気そうで!」

「ああ、このクッキー、もっと買えばよかった」

などと語り合うのもまた楽し。あの役者もこの役者ももういないのは寂しいことだけれど、木挽町の地にこの楽しみが戻ってきたことを、しみじみ寿《ことほ》いだのです。

〈追記〉「小山三さん」こと二代目中村小山三さんは、二〇一五年に九十四歳で逝去された。

キョンキョン世代の朝ドラ視聴

春は別れの季節。だからというわけではありませんが、長い間、死蔵してあったPHSの解約をすることにしました。ショップに持っていって手続きをし、本体は引き取ってもらうことに。

データを消したらおしまいかと思ったら、ショップのお兄さんが、

「では今から、使えないよう壊しますんで」

と、万力のような道具をもってきます。何でも、客の目の前で壊して「もう使えませんね」という確認をするらしい。

万力様のもので挟み、メキメキッと穴を開けられるPHS。その姿を見た時、私は思いのほかショックを受けました。愛着があるわけではない道具だけれど、目の前でメキメキされると、胸が痛む。

「別れるって、でも、こういうことだったのよねぇ……」

と、ちょっとした感慨を抱えつつ、ショップを去ったのです。

が、別れがあれば出会いもあるのが、春。この四月には、久しぶりのわくわく感も、ありました。

それは、「新しい朝ドラの、第一回目を見る」という出会い。昔はどの家庭もそうだったかと思いますが、毎朝NHKの朝ドラを見ることが、子供の頃は習慣になっていました。毎朝見る朝ドラヒロインの顔が、次第に親戚のように思えてきたところで、ドラマは終了。次のドラマが始まる時は、転校生がやってくる時のように、わくわくしたものです。

しかし大人になって、次第に「朝ドラ視聴」という習慣から離れていった私。十代とか二十代前半まではヒロインに感情移入できていたのが、それ以降になると難しくなったからなのかもしれません。

しかしこの四月一日、私はテレビの前で朝ドラの始まりを、待っていました。それというのも、この日から始まる新ドラマ「あまちゃん」は、クドカンこと宮藤官九郎さんの脚本で、舞台は岩手県の久慈。三陸鉄道をモデルにした鉄道も、登場するとのこと。面白そうじゃないの……ということで、久しぶりに、新ドラマのスタートを待っていたのです。

ドラマが始まって流れるのは、聞き慣れないテーマソング。画面に映るのは、初めて見るヒロインの顔。私は、「朝ドラ一回目」の新鮮味を、懐かしく味わいました。三陸鉄道の車両が元気に走る様子も流れて、三鉄ファンとしては心の中で拍手を送る。

「あまちゃん」は、身の回りでも久しぶりに話題になっています。

「やっぱりクドカン、面白い」

とか、

「ヒロインの能年玲奈《のうねんれな》ちゃん、可愛いよね！」

と、話題豊富なのです。

が、朝ドラの見方が、昔とは全く違ってしまったことにも、気づかされました。子供の頃、そして学生の頃は、前述のように、感情移入するのはヒロインでした。自分もこのヒロインのように、仕事に悩んだり結婚したり子供を生んだりするのだろうなぁと、ほとんど永遠に続くかのように未来の存在を感じていたものです。

しかし今の私は、ヒロイン視点ではありません。私は、能年玲奈ちゃんのお母さん役を演じている小泉今日子さんと、同い年。お父さん役の尾美《おみ》としのりさんもやはり同世代で、私の青春時代に彼は、「転校生」をはじめとした大林宣彦《のぶひこ》監督の映画や、「時をかける少女」といった角川映画等、時代を彩る映画にたくさん出ていました。

そんな二人がヒロインの両親役をつとめているのを見れば当然、私も「親視線」とならざるを得ません。自分の前に無限の未来が広がっているという感覚は、最早無い。ヒロインとともに喜んだり悲しんだりするのではなく、ヒロインを見守る気持ちです。

同じような気持ちは、高校野球を見ていても感じます。子供の頃、甲子園に出場している選手は「頼もしいお兄さん達」でしたが、今となっては彼等を「お兄さん達」と思うことはできません。よく見れば、まだ子供のように初々しい瞳の子もいるし、連投するエースの悲壮感あふれる表情、キャプテンが仲間を励ます様子など見ていると、「ついこの前まで小学生だったであろうこの子がこんなに頑張って……」と、親感覚の視線で、目頭が熱くなりそうに。

もっと年をとれば、視点はまた変わるのだと思います。「あまちゃん」における宮本信子さん世代になれば、今度は孫を見るように、朝ドラヒロインや高校球児を見るのでしょう。ヒロインの死までを描く朝ドラもありますが、そんなシーンに自己を投影するようにもなるに違いありません。

朝ドラというと、「元気はつらつの女の子が夢を追う物語」という、あっけらかんとしたイメージがあります。が、大人になって見ると、それは「女の人生」と「時の流れ」を考えさせる物語であることに、気づくのです。ドラマの中で小泉今日子さんが、娘役の能年玲奈ちゃんや、母親役の宮本信子さんにやたらとつっかかるのも、後ろを振り返っても前を向いても岸辺が見えない、中ぶらりんの「中年」世代だからということも、今の私にはよくわかる。

小泉今日子さんは三十年前、眩しいほどに輝くアイドルでした。そして能年玲奈ちゃんも、やがては小泉今日子さんの年齢となり、そして宮本信子さんの年齢になることでしょう。朝ドラというのは、「見る」だけでなく、「見続ける」ことに意義があるのかもしれないなぁと毎朝しみじみしている私が記憶している一番最初の朝ドラは、「鳩子の海」。そりゃ年もとりますよね、と。

あとがき

はからずも最初と最後の項が、小泉今日子さん絡みとなったこの本。最初の項に出てくるドラマ「最後から二番目の恋」では、四十五歳の独身女性を。そして最後の項に出てくる「あまちゃん」では、ヒロインの母を、小泉さんが演じていらしたのです。

「最後から二番目の恋」では、四十五歳の独身女性がドラマの主人公になることに時代の変化を感じたものです。またあのキョンキョンが朝ドラでヒロインの母、ということにも驚いた私。

小泉今日子さんは、若い人にも人気です。ある二十代女性は、

「変に若作りとかしないで、自然に老化しているところがいいですよね」

と言っていました。私からすると十分にきれいな小泉さんですが、若者から見たら彼女も「自然に老化」しているのね。しかし元が美人の小泉さんだからそう見えるのであって、そうでない者が「自然に老化」などしようものなら、大変なことになるだろうなぁ……。

週刊現代の連載をまとめたものとしては八冊目となる本書。連載中に起こった変化といえば、キョンキョンの役柄が独身中年から母親へと変わったことのみならず、民主党政権から自民党政権への交代が、あるのでした。政権交代により、世の中はイケイケムードに。バブルの時代を知っている者としてはちょっとした懐かしさを感じるわけですが、バブル崩壊をも知っている者としては「大丈夫なのか調子に乗って」とも思う。

しかしふと自らの生活を見てみると、何かが激変したという感じも、しないのです。起床時間も朝ごはんのメニューも、民主党政権時代と一緒。どこかで何かは変わっているのだろうけれど、果たしてそれはどういった変化なのか、今ひとつわかっていません。

キョンキョンが老化しているのかいないのか、同世代の者としてはどうも判然としないように、変化というのは少しずつやってくる、とてもわかりにくいものなのでしょう。そして「すぐに、激しく変わる」というのは時に乱暴で、ショックが大きいもの。しばらくしてから「ああ、そういえば変わったねぇ」と気づくくらいで丁度いいのかなぁというのが、この本を覆う気分なのです。

最後になりましたが、文庫版の刊行にあたっては、カバーイラストを描いて下さったキューライスさん、装幀の阿部克昭さん、講談社文庫の斎藤梓さんにお世話になりました。最後まで読んで下さった皆様へとともに、御礼申し上げます。

二〇一五年　秋

酒井順子

本書は「週刊現代」二〇一二年五月五日・一二日合併号〜二〇一三年四月二〇日号に連載され、二〇一三年六月に小社より刊行されました。文庫化にあたり、一部加筆修正を行いました。

|著者| 酒井順子　1966年東京都生まれ。立教大学社会学部観光学科卒業。高校在学中より雑誌にコラムを執筆。『負け犬の遠吠え』（講談社文庫）で婦人公論文芸賞、講談社エッセイ賞をダブル受賞。近著『オリーブの罠』（講談社現代新書）、『裏が、幸せ。』（小学館）、『中年だって生きている』（集英社）他、著書多数。「週刊現代」の人気連載をまとめたシリーズ最新単行本『気付くのが遅すぎて、』が好評発売中。

そんなに、変《か》わった？

酒井順子《さかいじゅんこ》

講談社文庫
定価はカバーに
表示してあります

2015年11月13日第1刷発行

発行者——鈴木　哲
発行所——株式会社　講談社
東京都文京区音羽2-12-21　〒112-8001
電話　出版（03）5395-3510
　　　販売（03）5395-5817
　　　業務（03）5395-3615

デザイン—菊地信義
本文データ制作—講談社デジタル製作部
印刷———凸版印刷株式会社
製本———加藤製本株式会社

Printed in Japan

ISBN978-4-06-293241-7

講談社文庫刊行の辞

二十一世紀の到来を目睫に望みながら、われわれはいま、人類史上かつて例を見ない巨大な転換期をむかえようとしている。

世界も、日本も、激動の予兆に対する期待とおののきを内に蔵して、未知の時代に歩み入ろうとしている。このときにあたり、創業の人野間清治の「ナショナル・エデュケイター」への志を現代に甦らせようと意図して、われわれはここに古今の文芸作品はいうまでもなく、ひろく人文・社会・自然の諸科学から東西の名著を網羅する、新しい綜合文庫の発刊を決意した。

激動の転換期はまた断絶の時代である。われわれは戦後二十五年間の出版文化のありかたへの深い反省をこめて、この断絶の時代にあえて人間的な持続を求めようとする。いたずらに浮薄な商業主義のあだ花を追い求めることなく、長期にわたって良書に生命をあたえようとつとめるところにしか、今後の出版文化の真の繁栄はあり得ないと信じるからである。

同時にわれわれはこの綜合文庫の刊行を通じて、人文・社会・自然の諸科学が、結局人間の学にほかならないことを立証しようと願っている。かつて知識とは、「汝自身を知る」ことにつきていた。現代社会の瑣末な情報の氾濫のなかから、力強い知識の源泉を掘り起し、技術文明のただなかに、生きた人間の姿を復活させること。それこそわれわれの切なる希求である。

われわれは権威に盲従せず、俗流に媚びることなく、渾然一体となって日本の「草の根」をかたちづくる若く新しい世代の人々に、心をこめてこの新しい綜合文庫をおくり届けたい。それは知識の泉であるとともに感受性のふるさとであり、もっとも有機的に組織され、社会に開かれた万人のための大学をめざしている。大方の支援と協力を衷心より切望してやまない。

一九七一年七月

野間省一

講談社文芸文庫

島田雅彦

ミイラになるまで 島田雅彦初期短篇集

解説＝青山七恵　年譜＝佐藤康智

釧路湿原で、男の死体と奇妙な自死日記が発見された——表題作ほか、著者が二十代で発表した傑作短篇七作品。尖鋭な批評精神で時代を攪乱し続ける島田文学の源流。

しJ2
978-4-06-290293-9

梅崎春生

悪酒の時代 猫のことなど ―梅崎春生随筆集―

解説＝外岡秀俊　年譜＝編集部

多くの作家や読者に愛されながらも、戦時の記憶から逃れられず、酒に溺れた梅崎。戦後派の鋭い視線と自由な精神、底に流れるユーモアが冴える珠玉の名随筆六五篇。

うB4
978-4-06-290290-8

塚本邦雄

珠玉百歌仙

解説＝島内景二

斉明天皇から、兼好、森鷗外まで、約十二世紀にわたる名歌百十二首を年代順に厳選。前衛歌人であり、類稀な審美眼をもつ名アンソロジストの面目躍如たる詞華集。

つE7
978-4-06-290291-5

佐藤雅美　無法者《アウトロー》
佐藤雅美　物書同心居眠り紋蔵
佐藤雅美　隼小僧異聞〈物書同心居眠り紋蔵〉
佐藤雅美　密約〈物書同心居眠り紋蔵〉
佐藤雅美　お尋者〈物書同心居眠り紋蔵〉
佐藤雅美　老博奕打ち〈物書同心居眠り紋蔵〉
佐藤雅美　四両二分の女〈物書同心居眠り紋蔵〉
佐藤雅美　白い息〈物書同心居眠り紋蔵〉
佐藤雅美　向井帯刀の発心〈物書同心居眠り紋蔵〉
佐藤雅美　一心斎不覚の筆禍〈物書同心居眠り紋蔵〉
佐藤雅美　魔物が棲む町〈物書同心居眠り紋蔵〉
佐藤雅美　ちよの負けん気、実の父親〈物書同心居眠り紋蔵〉
佐藤雅美　開国〈愚直の宰相・堀田正睦〉
佐藤雅美　手跡指南神山慎吾
佐藤雅美　樓《ろうの》岸《きし》夢《ゆめ》一《いち》定《じょう》〈蜂須賀小六〉
佐藤雅美　啓順凶状旅
佐藤雅美　啓順地獄旅
佐藤雅美　啓順純情旅
佐藤雅美　百助嘘八百物語

佐藤雅美　お白洲無情
佐藤雅美　江戸繁昌記〈寺門静軒無聊伝〉
佐藤雅美　青雲遥かに〈大内俊助の生涯〉
佐藤雅美　十五万両の代償〈十一代将軍家斉の生涯〉
佐藤雅美　千世と与一郎の関ヶ原
佐々木譲　屈折率
柴門ふみ　マイリトルNEWS
佐江衆一　神州魔風伝
佐江衆一　江戸は廻灯籠
佐江衆一　リンゴの唄、僕らの出発
佐江衆一　江戸の商魂
佐江衆一　士魂商才〈五代友厚〉
酒井順子　結婚疲労宴
酒井順子　ホメるが勝ち！
酒井順子　少子
酒井順子　負け犬の遠吠え
酒井順子　その人、独身？
酒井順子　駆け込み、セーフ？
酒井順子　いつから、中年？

酒井順子　女も、不況？
酒井順子　儒教と負け犬
酒井順子　こんなの、はじめて？
酒井順子　金閣寺の燃やし方
酒井順子　昔は、よかった？
酒井順子　もう、忘れたの？
佐野洋子　嘘ばっか〈新釈・世界おとぎ話〉
佐野洋子　乙女ちゃん〈愛と幻想の小さな物語〉
佐野洋子　わたしいる
佐野洋子　コッコロから
佐川芳枝　寿司屋のかみさん　うまいもの暦
佐川芳枝　寿司屋のかみさん二代目入店
桜木もえ　純情ナースの忘れられない話
斎藤貴男　東京を弄んだ男〈「空疎な小皇帝」石原慎太郎〉
佐藤賢一　二人のガスコン(上)(中)(下)
佐藤賢一　ジャンヌ・ダルクまたはロメ
笹生陽子　ぼくらのサイテーの夏
笹生陽子　きのう、火星に行った。
笹生陽子　バラ色の怪物

講談社文庫　目録

笹生陽子　世界がぼくを笑っても
佐伯泰英　変化《へんげ》〈交代寄合伊那衆異聞〉
佐伯泰英　雷鳴〈交代寄合伊那衆異聞〉
佐伯泰英　風雲〈交代寄合伊那衆異聞〉
佐伯泰英　邪宗〈交代寄合伊那衆異聞〉
佐伯泰英　阿片〈交代寄合伊那衆異聞〉
佐伯泰英　攘夷〈交代寄合伊那衆異聞〉
佐伯泰英　上海〈交代寄合伊那衆異聞〉
佐伯泰英　黙契《もっけい》〈交代寄合伊那衆異聞〉
佐伯泰英　御暇《おいとま》〈交代寄合伊那衆異聞〉
佐伯泰英　難航〈交代寄合伊那衆異聞〉
佐伯泰英　海戦〈交代寄合伊那衆異聞〉
佐伯泰英　謁見〈交代寄合伊那衆異聞〉
佐伯泰英　交易〈交代寄合伊那衆異聞〉
佐伯泰英　朝廷〈交代寄合伊那衆異聞〉
佐伯泰英　混沌《こんとん》〈交代寄合伊那衆異聞〉
佐伯泰英　断絶〈交代寄合伊那衆異聞〉
佐伯泰英　散斬《ざんぎり》〈交代寄合伊那衆異聞〉
佐伯泰英　再会〈交代寄合伊那衆異聞〉

佐伯泰英　茶葉〈交代寄合伊那衆異聞〉
佐伯泰英　開港〈交代寄合伊那衆異聞〉
佐伯泰英　暗殺〈交代寄合伊那衆異聞〉
佐伯泰英　血脈〈交代寄合伊那衆異聞〉
佐伯泰英　飛躍〈交代寄合伊那衆異聞〉
沢木耕太郎　一号線を北上せよ〈ヴェトナム街道編〉
坂元　純　ぼくのフェラーリ
里見　蘭／三田紀房／原作　小説　ドラゴン桜〈カリスマ教師集結篇〉
里見　蘭／三田紀房／原作　小説　ドラゴン桜〈挑戦！　東大模試篇〉
佐藤友哉　フリッカー式〈鏡公彦にうってつけの殺人〉
佐藤友哉　エナメルを塗った魂の比重〈鏡稜子ときせかえ密室〉
佐藤友哉　水没ピアノ〈鏡創士がひきもどす犯罪〉
佐藤友哉　クリスマス・テロル〈invisible×inventor〉
桜井亜美　チェルシー
桜井亜美　Frozen《フローズン》 Ecstasy《エクスタシー》 Shake《シェイク》
サンプラザ中野　大きな玉ネギの下で〈小説〉
櫻田大造　「優」をあげたくなる答案・レポートの作成術
桜井潮実　「うちの子は『算数』ができない」と思う前に読む本
佐川光晴　縮んだ愛

沢村　凜　カタブツ
沢村　凜　あやまち
沢村　凜　さざなみ
沢村　凜　タソガレ
佐野眞一　誰も書けなかった石原慎太郎
佐野眞一　津波と原発
佐藤多佳子　一瞬の風になれ　第一部／第二部／第三部
笹本稜平　駐在刑事
佐藤亜紀　鏡の影
佐藤亜紀　ミノタウロス
佐藤亜紀　醜聞の作法
佐藤千歳　インターネットと中国共産党〈「人民網」体験記〉
samo　きみにあいたい〈あかりが生きた239日、そして12時間〉
斎樹真琴　地獄番　鬼蜘蛛日誌
桜庭一樹　ファミリーポートレイト
佐々木則夫　なでしこ力〈さあ、一緒に世界一になろう！〉
沢里裕二　淫府再興
沢里裕二　淫果応報
佐藤あつ子　昭《あき》　田中角栄と生きた女

講談社文庫　目録

西條奈加　世直し小町りんりん
司馬遼太郎　新装版　播磨灘物語　全四冊
司馬遼太郎　新装版　箱根の坂　(上)(中)(下)
司馬遼太郎　新装版　アームストロング砲
司馬遼太郎　新装版　歳　月　(上)(下)
司馬遼太郎　新装版　おれは権現
司馬遼太郎　新装版　大　坂　侍
司馬遼太郎　新装版　北斗の人　(上)(下)
司馬遼太郎　新装版　軍　師　二　人
司馬遼太郎　新装版　真説宮本武蔵
司馬遼太郎　新装版　戦　雲　の　夢
司馬遼太郎　新装版　最後の伊賀者
司馬遼太郎　新装版　俄　(上)(下)
司馬遼太郎　新装版　尻啖え孫市　(上)(下)
司馬遼太郎　新装版　王城の護衛者
司馬遼太郎　新装版　妖　怪　(上)(下)
司馬遼太郎　新装版　風の武士　(上)(下)
司馬遼太郎　海音寺潮五郎　新装版　日本歴史を点検する
司馬遼太郎　井上ひさし　新装版　国家・宗教・日本人

司馬遼太郎　陳舜臣　金達寿　新装版　歴史の交差路にて　〈日本・中国・朝鮮〉
柴田錬三郎　岡っ引どぶ　正・続　〈柴錬捕物帖〉
柴田錬三郎　お江戸日本橋　(上)(下)
柴田錬三郎　三　国　志　〈柴錬痛快文庫〉
柴田錬三郎　江戸っ子侍　(上)(下)
柴田錬三郎　貧乏同心御用帳
柴田錬三郎　新装版　岡っ引どぶ　〈柴錬捕物帖〉
柴田錬三郎　新装版　顔十郎罷り通る　(上)(下)
柴田錬三郎　新装版　岡っ引どぶ　(続)　〈柴錬捕物帖〉
城山三郎　ビッグボーイの生涯　〈五島昇その人〉
城山三郎　この命、何をあくせく
城山三郎　黄　金　峡
城山三郎　平岩外四　人生に二度読む本
城山三郎　高山文彦　日本人への遺言
白石一郎　火　炎　城
白石一郎　鷹ノ羽の城
白石一郎　銭　の　城
白石一郎　びいどろの城
白石一郎　庖丁ざむらい　〈十時半睡事件帖〉

白石一郎　観音妖女　〈十時半睡事件帖〉
白石一郎　刀　〈十時半睡事件帖〉
白石一郎　犬を飼う武士　〈十時半睡事件帖〉
白石一郎　出世長屋　〈十時半睡事件帖〉
白石一郎　おんな舟　〈十時半睡事件帖〉
白石一郎　東海道をゆく　〈十時半睡事件帖〉
白石一郎　海よ島よ　〈歴史紀行〉
白石一郎　乱世を斬る　〈歴史エッセイ〉
白石一郎　海　将　(上)(下)
白石一郎　蒙古襲来　〈海から見た歴史〉
志茂田景樹　真・甲陽軍鑑　〈武田信玄の秘密〉
志茂田景樹　独眼竜政宗　最後の野望
志茂田景樹　南海の首領クニマツ
志水辰夫　帰りなん、いざ
志水辰夫　花ならアザミ
志水辰夫　負　け　犬
新宮正春　抜打ち庄五郎
島田荘司　殺人ダイヤルを捜せ
島田荘司　火刑都市

講談社文庫　目録

島田荘司　網走発遙かなり
島田荘司　御手洗潔の挨拶
島田荘司　死者が飲む水
島田荘司　斜め屋敷の犯罪
島田荘司　ポルシェ911《ナインイレブン》の誘惑
島田荘司　御手洗潔のダンス
島田荘司　本格ミステリー宣言
島田荘司　本格ミステリー宣言II〈ハイブリッド・ヴィーナス論〉
島田荘司　暗闇坂の人喰いの木
島田荘司　水晶のピラミッド
島田荘司　自動車社会学のすすめ
島田荘司　眩（めまい）暈
島田荘司　アトポス
島田荘司　異邦の騎士
島田荘司　改訂完全版 異邦の騎士
島田荘司　島田荘司読本
島田荘司　御手洗潔のメロディ
島田荘司　Pの密室
島田荘司　ネジ式ザゼツキー

島田荘司　都市のトパーズ2007
島田荘司　21世紀本格宣言
島田荘司　帝都衛星軌道
島田荘司　UFO大通り
島田荘司　リベルタスの寓話
島田荘司　透明人間の納屋
島田荘司　〈改訂完全版〉占星術殺人事件
塩田潮　郵政最終戦争
清水義範　蕎麦《そば》ときしめん
清水義範　国語入試問題必勝法
清水義範　永遠のジャック&ベティ
清水義範　深夜の弁明
清水義範　ビビンパ
清水義範　お金物語
清水義範　単位物語
清水義範　神々の午睡(上)(下)
清水義範　私は作中の人物である
清水義範　春高楼の
清水義範　イエスタデイ

清水義範　青二才の頃〈回想の'70年代〉
清水義範　日本ジジババ列伝
清水義範　日本語必笑講座
清水義範　ゴミの定理
清水義範　目からウロコの教育を考えるヒント
清水義範　世にも珍妙な物語集
清水義範　ザ・勝負
清水義範　清水義範ができるまで
清水義範　いい奴じゃん
清水義範　愛と日本語の惑乱
清水義範・西原理恵子・え　おもしろくても理科
清水義範・西原理恵子・え　もっとおもしろくても理科
清水義範・西原理恵子・え　どうころんでも社会科
清水義範・西原理恵子・え　もっとどうころんでも社会科
清水義範・西原理恵子・え　いやでも楽しめる算数
清水義範・西原理恵子・え　はじめてわかる国語
清水義範・西原理恵子・え　飛びすぎる教室
清水義範・西原理恵子・え　独断流「読書」必勝法
清水義範・西原理恵子・え　雑学のすすめ

椎名誠　フグと低気圧
椎名誠　犬の系譜
椎名誠　水域
椎名誠　にっぽん・海風魚旅〈怪し火さすらい編〉
椎名誠　くじら雲追跡編〈にっぽん・海風魚旅2〉
椎名誠　小魚びゅんびゅん荒波編〈にっぽん・海風魚旅3〉
椎名誠　大漁旗ぶるぶる乱風編〈にっぽん・海風魚旅4〉
椎名誠　南シナ海ドラゴン編〈にっぽん・海風魚旅5〉
椎名誠　極北の狩人〈アラスカ、カナダ、ロシアの北極圏をいく〉
椎名誠　もう少しむこうの空の下へ
椎名誠　モヤシ
椎名誠　アメンボ号の冒険
椎名誠　風のまつり
椎名誠　ニッポンありゃまあお祭り紀行〈春夏編〉
椎名誠　ニッポンありゃまあお祭り紀行〈秋冬編〉
椎名誠　新宿遊牧民
東海林さだお 椎名誠　やぶさか対談
うえやまとち 漫画 東海林さだお 編　東海林さだお選「クッキングパパ」のこれが食べたい！
島田雅彦　フランシスコ・X
島田雅彦　食いものの恨み
島田雅彦　佳人の奇遇
島田雅彦　悪貨
真保裕一　連鎖
真保裕一　取引
真保裕一　震源
真保裕一　盗聴
真保裕一　朽ちた樹々の枝の下で
真保裕一　奪取(上)(下)
真保裕一　防壁
真保裕一　密告
真保裕一　黄金の島(上)(下)
真保裕一　発火点
真保裕一　夢の工房
真保裕一　灰色の北壁
真保裕一　覇王の番人(上)(下)
真保裕一　デパートへ行こう！
真保裕一　アマルフィ〈外交官シリーズ〉
真保裕一　ダイスをころがせ！(上)(下)
真保裕一　天魔ゆく空(上)(下)
周大荒 渡辺精一訳　反三国志(上)(下)
篠田節子　贋《がん》作《さく》師《し》
篠田節子　聖域
篠田節子　弥勒
篠田節子　ロズウェルなんか知らない
篠田節子　転生
笙野頼子　居場所もなかった
笙野頼子　幽界森娘異聞
下川裕治 桃井和馬　世界一周ビンボー大旅行
下川裕治 篠原章　沖縄ナンクル読本
篠田真由美　未明の家〈建築探偵桜井京介の事件簿〉
篠田真由美　玄《くろ》い女神〈建築探偵桜井京介の事件簿〉
篠田真由美　翡《ひ》翠《すい》の城〈建築探偵桜井京介の事件簿〉
篠田真由美　灰色の砦〈建築探偵桜井京介の事件簿〉
篠田真由美　原罪の庭〈建築探偵桜井京介の事件簿〉
篠田真由美　美貌の帳《とばり》〈建築探偵桜井京介の事件簿〉
篠田真由美　桜闇〈建築探偵桜井京介の事件簿〉
篠田真由美　仮面の島〈建築探偵桜井京介の事件簿〉

篠田真由美　センティメンタル・ブルー〈蒼の四つの冒険〉
篠田真由美　月蝕の窓〈建築探偵桜井京介の事件簿〉
篠田真由美　綺羅の柩〈建築探偵桜井京介の事件簿〉
篠田真由美　失楽の街〈建築探偵桜井京介の事件簿〉
篠田真由美　胡蝶の鏡〈建築探偵桜井京介の事件簿〉
篠田真由美　聖女の塔〈建築探偵桜井京介の事件簿〉
篠田真由美　一角獣《ユニコーン》の繭《まゆ》〈建築探偵桜井京介の事件簿〉
篠田真由美　黒《か》影《げ》の館〈建築探偵桜井京介の事件簿〉
篠田真由美　angels《エンジェルス》—天使たちの長い夜
篠田真由美　Ave《アヴェ》 Maria《マリア》
篠田真由美　加藤俊章 絵　レディMの物語
重松　清　定年ゴジラ
重松　清　半パン・デイズ
重松　清　世紀末の隣人
重松　清　流星ワゴン
重松　清　ニッポンの単身赴任
重松　清　ニッポンの課長
重松　清　愛妻日記
重松　清　オヤジの細道
重松　清　青春夜明け前
重松　清　カシオペアの丘で(上)(下)
重松　清　永《と》遠《わ》を旅する者〈ロストオデッセイ　千年の夢〉
重松　清　かあちゃん
重松　清　星をつくった男〈阿久悠と、その時代〉
重松　清　十字架
重松　清　あすなろ三三七拍子(上)(下)
重松　清　峠うどん物語(上)(下)
重松　清　渡辺　考　最後の言葉〈戦場に遺された二十四万字の届かなかった手紙〉
新堂冬樹　血塗られた神話
新堂冬樹　闇の貴族
柴田よしき　フォー・ディア・ライフ
柴田よしき　フォー・ユア・プレジャー
柴田よしき　シーセッド・ヒーセッド
柴田よしき　ア・ソング・フォー・ユー
新野剛志　八月のマルクス
新野剛志　もう君を探さない
新野剛志　どしゃ降りでダンス
殊能将之　ハサミ男
殊能将之　美《み》濃《の》牛《ぎゅう》
殊能将之　黒い仏
殊能将之　鏡の中は日曜日
殊能将之　キマイラの新しい城
嶋田昭浩　解剖・石原慎太郎
首藤瓜於　脳男
首藤瓜於　指し手の顔〈脳男II〉(上)(下)
首藤瓜於　事故係生稲昇太の多感
首藤瓜於　刑事の墓場
首藤瓜於　刑事のはらわた
首藤瓜於　大幽霊烏賊〈名探偵　面鏡《いじか》真澄〉(上)(下)
島村洋子　家族善哉
島村洋子　恋って恥ずかしい〈家族善哉2〉
島本理生　シルエット
島本理生　リトル・バイ・リトル
島本理生　生まれる森
白川　道　十二月のひまわり
子母澤　寛　新装版 父子鷹(上)(下)
不知火京介　マッチメイク

不知火京介 女《おんな》形《がた》
小路幸也 空を見上げる古い歌を口ずさむ
小路幸也 高く遠く空へ歌ううた
小路幸也 空へ向かう花
島村英紀 私はなぜ逮捕され、そこで何を見たか。
島村英紀 「地震予知」はウソだらけ
島田律子 私はもう逃げない〈自閉症の弟から教えられたこと〉
荘司雅彦 小説 離婚裁判〈モラル・ハラスメントからの脱出〉
志村季世恵 いのちのバトン
志村季世恵 さよならの先
辛酸なめ子 女修行
辛酸なめ子 妙齢美容修業
島谷泰彦 人間 井深大
清水康之 上田紀行 「自殺社会」から「生き心地の良い社会」へ
柴崎友香 主題歌
柴崎友香 ドリーマーズ
清水保俊 最後のフライト〈ジャンボ機JA8162号機の場合〉
翔田 寛 誘拐児
翔田 寛 逃亡戦犯

翔田 寛 築地ファントムホテル
白石一文 この胸に深々と突き刺さる矢を抜け (上)(下)
島村菜津 エクソシストとの対話
小説現代編 石田衣良他著 10分間の官能小説集
小説現代編 勝目梓他著 10分間の官能小説集2
小説現代編 乾くるみ他著 10分間の官能小説集3
下川博 弩《ど》
原案 山田洋次 平松恵美子 白石まみ 東京家族
白河三兎 プールの底に眠る
白河三兎 ケシゴムは嘘を消せない
朱川湊人 オルゴォル
朱川湊人 満月ケチャップライス
柴村仁 夜宵
柴村仁 プシュケの涙
柴村仁 ノクチルカ笑う
篠原勝之 走れUMI
柴田哲孝 異聞 太平洋戦記
柴田哲孝 チャイナ インベイジョン〈中国日本侵蝕〉
塩田武士 盤上のアルファ

塩田武士 女神のタクト
芝村涼也 鬼溜《きだ》まりの闇〈素浪人半四郎百鬼夜行(一)〉
芝村涼也 鬼心の刺客〈素浪人半四郎百鬼夜行(二)〉
芝村涼也 蛇変化の淫〈素浪人半四郎百鬼夜行(三)〉
芝村涼也 狐嫁の列〈素浪人半四郎百鬼夜行(零)〉
芝村涼也 怨《おん》鬼《き》の執《しゅう》〈素浪人半四郎百鬼夜行(四)〉
芝村涼也 夢告の訣れ〈素浪人半四郎百鬼夜行(五)〉
真藤順丈 畦と銃
芝 豪 朝鮮戦争 (上)(下)
信濃毎日新聞取材班 不妊治療と出生前診断〈温かな手で〉
杉本苑子 孤愁の岸 (上)(下)
杉本苑子 引越し大名の笑い
杉本苑子 汚名
杉本苑子 女人古寺巡礼
杉本苑子 利休破調の悲劇
杉本苑子 江戸を生きる
杉田 望 金融夜光虫
杉田 望 特別検査〈金融アベンジャー〉
杉田 望 破産執行人

杉田　望　不正会計
杉浦日向子　新装版　東京イワシ頭
杉浦日向子　新装版　呑々草子
鈴木輝一郎　新装版　入浴の女王
鈴木輝一郎　美男忠臣蔵
鈴木輝一郎　お市の方　戦国の鳳《おおとり》
鈴木光司　神々のプロムナード
鈴木英治　闇の目〈下っ引夏兵衛〉
鈴木英治　関所破り〈下っ引夏兵衛〉
鈴木英治　かどわかし〈下っ引夏兵衛〉
鈴木敦秋　小児救急
鈴木敦秋　明香ちゃんの心臓〈東京女子医大病院事件〉
杉本章子　お狂言師歌吉うきよ暦
杉本章子　大奥二人道成寺〈お狂言師歌吉うきよ暦〉
杉本章子　精《あき》姫《ひめ》様一条〈お狂言師歌吉うきよ暦〉
杉本章子　東京影同心
鈴木陽子・金澤治　発達障害〈うちの子がヘンと言われたら〉
杉山文野　ダブルハッピネス
諏訪哲史　アサッテの人

諏訪哲史　りすん
諏訪哲史　ロンバルディア遠景
管　洋志　ぶらりニッポンの島旅
末浦広海　訣別の森
末浦広海　捜査官
須藤靖貴　抱きしめたい
須藤靖貴　池波正太郎を歩く
須藤靖貴　どまんなか(1)
須藤靖貴　どまんなか(2)
須藤靖貴　どまんなか(3)
鈴木仁志　司法占領
須藤元気　レボリューション
菅野雪虫　天山の巫女《みこ》ソニン(1) 黄金の燕
菅野雪虫　天山の巫女《みこ》ソニン(2) 海の孔雀
菅野雪虫　天山の巫女《みこ》ソニン(3) 朱鳥《あけがらす》の星
菅野雪虫　天山の巫女《みこ》ソニン(4) 夢の白鷺
鈴木大介　ギャングース・ファイル〈家のない少年たち〉
瀬戸内晴美　かの子撩乱
瀬戸内晴美　京まんだら　(上)(下)

瀬戸内晴美　彼女の夫たち　(上)(下)
瀬戸内晴美　蜜と毒
瀬戸内寂聴　寂庵説法
瀬戸内寂聴　新寂庵説法　愛なくば
瀬戸内晴美　家族物語　(上)(下)
瀬戸内寂聴　生きるよろこび〈寂聴随想〉
瀬戸内寂聴　寂聴　天台寺好日
瀬戸内寂聴　人が好き［私の履歴書］
瀬戸内寂聴　渇く
瀬戸内寂聴　白道
瀬戸内寂聴　いのち発見
瀬戸内寂聴　無常を生きる〈寂聴随想〉
瀬戸内寂聴　わかれば『源氏』はおもしろい〈寂聴対談集〉
瀬戸内寂聴　寂聴相談室人生道しるべ
瀬戸内寂聴　花芯
瀬戸内寂聴　瀬戸内寂聴の源氏物語
瀬戸内寂聴　愛する能力
瀬戸内寂聴　藤壺
瀬戸内寂聴　生きることは愛すること

講談社文庫　目録

瀬戸内寂聴　寂聴と読む源氏物語
瀬戸内晴美編　人類愛に捧げた生涯〈人物近代女性史〉
瀬戸内寂聴・訳　源氏物語　巻《まき》一《いち》
瀬戸内寂聴・訳　源氏物語　巻《まき》二《に》
瀬戸内寂聴・訳　源氏物語　巻《まき》三《さん》
瀬戸内寂聴・訳　源氏物語　巻《まき》四《し》
瀬戸内寂聴・訳　源氏物語　巻《まき》五《ご》
瀬戸内寂聴・訳　源氏物語　巻《まき》六《ろく》
瀬戸内寂聴・訳　源氏物語　巻《まき》七《しち》
瀬戸内寂聴・訳　源氏物語　巻《まき》八《はち》
瀬戸内寂聴・訳　源氏物語　巻《まき》九《く》
瀬戸内寂聴・訳　源氏物語　巻《まき》十《じゅう》
梅原猛 瀬戸内寂聴　寂聴・猛の強く生きる心
関川夏央　よい病院とはなにか〈病むことと老いること〉
関川夏央　水の中の八月
関川夏央　やむにやまれず
関川夏央　子規、最後の八年
先崎学　フフフの歩
先崎学　先崎学の実況！盤外戦

妹尾河童　少年H　(上)(下)
妹尾河童　河童が覗いたインド
妹尾河童　河童が覗いたヨーロッパ
妹尾河童　河童が覗いたニッポン
妹尾河童　河童の手のうち幕の内
妹尾河童 野坂昭如　少年Hと少年A
清涼院流水　コズミック流
清涼院流水　コズミック水
清涼院流水　ジョーカー清
清涼院流水　ジョーカー涼
清涼院流水　カーニバル一輪の花
清涼院流水　カーニバル二輪の草
清涼院流水　カーニバル三輪の層
清涼院流水　カーニバル四輪の牛
清涼院流水　カーニバル五輪の書
清涼院流水　秘密屋文庫 知ってる怪
清涼院流水　秘密室ボン〈QUIZ SHOW〉
清涼院流水　彩紋家事件 (I)(II)(III)
瀬尾まいこ　幸福な食卓

関原健夫　がん六回　人生全快
瀬川晶司　泣き虫しょったんの奇跡 完全版〈サラリーマンから将棋のプロへ〉
曽野綾子　幸福という名の不幸 (上)(下)
曽野綾子　私を変えた聖書の言葉
曽野綾子　自分の顔、相手の顔〈自分流を貫く生き方のすすめ〉
曽野綾子　それぞれの山頂物語 今こそ主体性のある生き方をしたい
曽野綾子　安逸と危険の魅力
曽野綾子　至福の境地
曽野綾子　なぜ人は恐ろしいことをするのか
曽野綾子　透明な歳月の光
蘇部健一　六枚のとんかつ
蘇部健一　六とん2
蘇部健一　長野・上越新幹線四時間三十分の壁
蘇部健一　動かぬ証拠
蘇部健一　木乃伊《ミイラ》男
蘇部健一　届かぬ想い
瀬木慎一　名画はなぜ心を打つか
宗田理　13歳の黙示録
宗田理　天路 TENRO

曽我部 司　北海道警察の冷たい夏
曽根圭介　沈底魚
曽根圭介　本ボシ
曽根圭介　藁《わら》にもすがる獣たち
田辺聖子　女が愛に生きるとき
田辺聖子　古川柳おちぼひろい
田辺聖子　川柳でんでん太鼓
田辺聖子　おかあさん疲れたよ(上)(下)
田辺聖子　ひねくれ一茶
田辺聖子　「おくのほそ道」を旅しよう〈古典を歩く11〉
田辺聖子　薄荷草《ペパーミント・ラヴ》の恋
田辺聖子　愛の幻滅(上)(下)
田辺聖子　うたかた
田辺聖子　春情蛸の足
田辺聖子　不倫は家庭の常備薬 新装版
田辺聖子　蝶花嬉遊図
田辺聖子　言い寄る
田辺聖子　私的生活
田辺聖子　苺をつぶしながら

田辺聖子　不機嫌な恋人
田辺聖子　どんぐりのリボン
田辺聖子　女の日時計
立原正秋　春のいそぎ
立原正秋　雪のなか
谷川俊太郎訳 和田誠絵　マザー・グース 全四冊
立花 隆　中核VS革マル(上)(下)
立花 隆　日本共産党の研究 全三冊
立花 隆　青春漂流
立花 隆　同時代を撃つ〈情報ウォッチング〉I～III
立花 隆　生、死、神秘体験
滝口康彦　一命
高杉 良　労働貴族
高杉 良　広報室沈黙す(上)(下)
高杉 良　会社蘇生
高杉 良　炎の経営者(上)(下)
高杉 良　小説日本興業銀行 全五冊
高杉 良　社長の器
高杉 良　祖国へ、熱き心を〈東京にオリンピックを呼んだ男〉

高杉 良　その人事に異議あり〈女性広報主任のジレンマ〉
高杉 良　人事権！
高杉 良　小説消費者金融〈クレジット社会の罠〉
高杉 良　小説新巨大証券(上)(下)
高杉 良　局長罷免―小説通産省
高杉 良　首魁《しゅかい》の宴《うたげ》〈政官財腐敗の構図〉
高杉 良　指名解雇
高杉 良　燃ゆるとき
高杉 良　挑戦つきることなし〈小説ヤマト運輸〉
高杉 良　辞表撤回
高杉 良　銀行大合併〈短編小説全集(上)〉
高杉 良　エリートの反乱〈短編小説全集(中)〉
高杉 良　金融腐蝕列島(上)(下)
高杉 良　小説ザ・外資
高杉 良　銀行大統合〈小説みずほFG〉
高杉 良　勇気凜々
高杉 良　混沌《こんとん》 新・金融腐蝕列島(上)(下)
高杉 良　乱気流(上)(下)
高杉 良　小説会社再建

講談社文庫　目録

高杉　良　小説ザ・ゼネコン
高杉　良　新装版 懲戒解雇
高杉　良　新装版 虚構の城
高杉　良　新装版 大逆転！〈小説 三菱・第一銀行合併事件〉
高杉　良　新装版 バンダルの塔
高杉　良　新・燃ゆるとき
高杉　良　管理職の本分
高杉　良　挑戦巨大外資(上)(下)
高杉　良　破戒者たち〈小説・新銀行崩壊〉
高杉　良　第四権力〈巨大メディアの罪〉
高橋源一郎　日本文学盛衰史
高橋源一郎／山田詠美　顰蹙文学カフェ
高橋克彦　写楽殺人事件
高橋克彦　悪魔のトリル
高橋克彦　総門谷
高橋克彦　北斎殺人事件
高橋克彦　歌麿殺《さつ》贋《がん》事件
高橋克彦　バンドネオンの豹《ジャガー》
高橋克彦　蒼《あお》夜《や》叉《しゃ》

高橋克彦　広重殺人事件
高橋克彦　北斎の罪
高橋克彦　総門谷R 阿黒篇
高橋克彦　総門谷R 鵺(ぬえ)篇
高橋克彦　総門谷R 小町変妖篇
高橋克彦　総門谷R 白骨篇
高橋克彦　1999年〈対談集〉
高橋克彦　星封陣
高橋克彦　炎《ほむら》立つ 壱 北の埋み火
高橋克彦　炎立つ 弐 燃える北天
高橋克彦　炎立つ 参 空への炎
高橋克彦　炎立つ 四 冥き稲妻
高橋克彦　炎立つ 伍 光彩楽土〈全五巻〉
高橋克彦　白妖鬼
高橋克彦　書斎からの空飛ぶ円盤
高橋克彦　降魔王
高橋克彦　鬼
高橋克彦　火怨〈北の燿星アテルイ〉(上)(下)
高橋克彦　時宗 壱 乱星

高橋克彦　時宗 弐 連星
高橋克彦　時宗 参 震星
高橋克彦　時宗 四 戦星〈全四巻〉
高橋克彦　京伝怪異帖 巻の上 巻の下
高橋克彦　天を衝く (1)〜(3)
高橋克彦　ゴッホ殺人事件(上)(下)
高橋克彦　竜の柩 (1)〜(6)
高橋克彦　刻謎宮 (1)〜(4)
高橋克彦　高橋克彦自選短編集〈1 ミステリー編〉
高橋克彦　高橋克彦自選短編集〈2 恐怖小説編〉
高橋克彦　高橋克彦自選短編集〈3 時代小説編〉
高橋　治　男波女波(上)(下)〈放浪一本釣り〉
高橋　治　星の衣
高樹のぶ子　妖しい風景
高樹のぶ子　エフェソス白恋
高樹のぶ子　満水子(上)(下)
高樹のぶ子　飛水
田中芳樹　創竜伝1〈超能力四兄弟《ドラゴン》〉
田中芳樹　創竜伝2〈摩天楼の四兄弟《ドラゴン》〉

2015年9月15日現在